시 읽는 청소부

시 읽는 청소부

펴낸날 | 2022년 10월 1일 초판 1쇄

지은이 | 신상조
펴낸이 | 강현국
꾸민이 | 이용헌
펴낸곳 | 도서출판 시와반시

등록 | 2011년 10월 21일 등록(제25100-2011-000034호)
주소 | 대구광역시 수성구 지산로 14길 83, 101-2408호
전화 | (053) 654-0027
전자우편 | khguk92@hanmail.net

ISBN 978-89-8345-142-2 03810

시 읽는 청소부

신상조

시와반시

근사한 디자인과 기막힌 기능을 자랑하는 자동차와 가전 제품, 나만의 스타일인 맞춤형 주택과 레저생활 등이 수시로 우리를 유혹한다. 오늘날과 같은 소비자 사회에서 이러한 생활을 제대로 누릴 수 없는 가난은 범죄와도 같다. 이 말이 너무 과격하다면 소비가 미덕인 현대사회에서 현실에 만족하며 자신의 생활 수준에 맞춰 살아가는 삶은 고작 무능함의 반증이라고 말해 두자. 그렇다면 나는 무능한 사람이 맞다. 자본주의적 현실은 게임과 같고, 승자와 패자를 가르는 현실에서 삶의 목적이 오로지 이기는 것이라고 할 때, 순수문학을 하는 나는 이미 지는 패를 손에 쥔 채 게임의 테이블에 앉은 셈이다. 그러므로 또한 나는 잘못된 삶을 선택한 사람이다. 그렇다고 나를 자발적으로 궁핍함을 선택한 실천주의자로 포장하고 싶은 생각은 없다. 그건 전혀 사실과 다르다. 나는 현실의 흐름에 발맞추지 못해 뒤처진 낙오자에 가깝다는 점에서 차라리 무모하고 어리석은 지식인이다.

이 글은 파산의 문턱에서 쓰기와 강의, 그리고 육체노동을 겸했던 중에 주로 청소부로서의 일상을 일기처럼 남긴 진솔한 기록이다. 누군가를 가르치거나 나를 두둔하기 위한 글은 아니지만, 혹자는 반면교사 삼아 자본의 축적에 조금 더 관심을 기울일 수도 있을 것이다. 그러나 그건 내가 기대하는 바와 거리가 멀다. 나는 자본을 숭배하지도, 부정하지도 않는다. 자본은 소박하게 말해 많으면 편리하겠으나 없다고 부끄러워할 일도 아니다. 주위를 둘러보면 '과거 한때'의 궁핍함을 자랑하는 글이 많다. 그건 뒤집어 말해 현재의 궁핍함이 부끄럽다는 의미가 된다. 내가 노동자로서의 일상을 전시하듯 인터넷 신문에 연재하고, 또 그걸 묶어서 이렇게 출간하는 이유란, 이러한 세간의 부끄러움에 대한 나름의 저항이다.

다음으로 내가 이 책을 내는 이유는 내가 '마리'이기보다 '말희'이기 때문이다. 조경란의 소설 「마리의 집」에는 사람들이 '말희'라는 자신의 촌스러운 이름을 '마리'라는 세련된 이름으로 잘못 알아들어 곤혹스러워하는 주인공이 나온다. 눈치챘겠지만 소설 속 말희는 나의 자화상에 해당한다. 비평가로 불리고부터, 주변 사람들을 속이는 것 같은 가면 증후군Imposter syndrom에 종종 시달리곤 했다. 자신의 성공이 노력이 아니라 순전히 운이라 생각하고 지금껏 주변 사람들을 속여 왔다고 생각하면서 불안해하는 심리가 가면 증후군이다. 척박한 환경에서 치열하게 글을 읽고 썼으므로 비평가가 된 게 순전히 운이라고 생각한 적은 없다. 다만 비평가라는 이미지를 가지고 나를 바라보는 사람들의 눈에 나는 '말희'가 아니라 왠지 '마리'였고, 그게 나는 불편했다.

아마 앞으로도 내 삶은 자본의 구속에서 결코 자유롭지 못할 터이다. 누군들 그렇지 않을까? 그러니 거짓 행복에 속고 싶지도, 쓸데없는 열패감에 시달리고 싶지도 않다. 아쉽게도 특별한 경험을 통해 삶의 의미를 찾고 싶은 사람이라면 이 책에 답이 없음을 미리 귀띔해주고 싶다. 나는 나 나름의 방식으로 하루하루를 성실하게 살아왔고, 그 성실함으로 인한 보상이 없지 않았음이 답이라면 답이리라. … 백석의 시를 옮겨 적는 걸로 나머지 모든 궁색한 변명을 대신하고자 한다.

하늘이 이 세상을 내일 적에 그가 가장 귀해하고 사랑하는
것들은 모두 가난하고 외롭고 높고 쓸쓸하니 그리고 언제나
넘치는 사랑과 슬픔 속에 살도록 만드신 것이다
초생달과 바구지꽃과 짝새와 당나귀가 그러하듯이
그리고 또 '프랑시쓰 쨈'과 도연명陶淵明과 '라이넬 마리아
릴케'가 그러하듯이

─백석, 「흰 바람벽이 있어」 중에서

2022년 9월 신상조

| 차례 |

3부 | 이슈 앤 토픽

1부

야간미화원

아들을 죽인 청소부

1.

지하철이든 버스든, 도심 한가운데에서 새벽 첫차를 타본 사람은 안다. 승객들 대부분은 필경 클럽이나 술집에서 밤을 새웠을 아이들과, 작업 가방을 둘러맨 퇴근길의 노동자들로 이루어진다. 미처 술이 깨지 않은 아이들의 몽롱한 얼굴 뒤로, 피곤에 찌든 표정의 저 남루한 사람들은 대다수가 육체노동자들임이 분명하다. 나는 그(녀)들 중 몇몇을 안다. 시가지의 중심부에 위치한 거대한 백화점의 말끔한 오전을 위해, 저녁 여섯 시부터 새벽 다섯 시까지 나와 그(녀)들은 '죽도록' 일한다. 사람들은 우리를 '야간 미화원' 혹은 '육체노동자'라 부른다.

2.

프랑스의 사상가이자 노동운동가였던 시몬 베유(1909~1943)는 "육체노동을 최고의 가치로 삼는 문명이 가장 인간적인 문명"이라고 생각했다. 그러나 온갖 정보와 창의적인 지식이 융합되어 기술과 산업을 이끌어가는 지식정보화사회인 오늘날, 정신노동/육체노동을 구분하는 기준이 무엇인가는 매우 애매하다. 누군가 종일 컴퓨터 앞에 앉아서 문학 창작을 목적으로 워드 작업을 한다고 치자. 그가 자판을 두드리는 행위는 정신노동이면서 동시에 육체노동에 가깝다. 월급을 받기 위해 출근하는 직장인은 자신의 신체를 종일 직장이라는 공간에 저당잡힌다. 여기서 '신체'는 저 육체노동이 지시하는 '육체'와 다르지 않다. 그렇더라도 어떠한 기술이나 전문적인 지식이 없이 순수하게 신체를 움직여서 밥벌이하는 사람들을 일단 육체노동자라고 부르기로 하자. 근육 활동이 필요한 작업에 종사하거나, 자신의 몸이 유일한 도구이자 재산인 사람들 말이다.

3.

잠자고 있는 아들을 살해한 60대 청소부에 관한 뉴스를 들은 적이 있다. 아들은 사법시험에 연거푸 낙방한 터였다. 차마 그럴 수 있겠다고 나는 고개를 끄덕였다. 오물과 땀에 뒤범벅이 되어 퇴근했는데 최소한의 열심조차 보이지 않는(것처럼 여겨지는) 자식이 눈앞에 있다면 누군들 이성을 잃을 만큼 화가 나지 않겠는가.

그러나 순전히 내 오해일 수 있었다는 생각이 든다. 청소부인 아버지는 화가 난 게 아니라 절망한 거였다. 어쩌면 무능한 아비의 삶을 반복할지도 모를 아들의 삶을 그는 자기 손으로 끝장내 주고 싶었던 거다.

알베르 카뮈의 『이방인』에 나오는 뫼르소는 이렇게 중얼
거린다.

"사람이란 결코 생활을 바꿀 수 없는 노릇이고, 어쨌든 어
떤 생활이든지 다 그게 그거고…"

뫼르소의 총구는 사회적 통념을 겨냥하기보다 '나아질 가
망(욕망)이 없는' 자기 삶을 향한 건지도 모른다, 저 가난한 청
소부가 아들의 목숨을 끊음으로써 마침내 자신의 삶을 살해한
것처럼.

4.

한국은 OECD 국가 중 저임금 근로자의 비율이 25%로 가
장 높다. 주간과 야간을 교대하며 백화점에서 청소하는 우리 미
화원들은 백이십만 원가량의 그 저임금을 위해 저녁부터 새벽
까지, 새벽부터 저녁까지 달리기하듯 일한다. 휴지가 아직 남아
있는데 미화원들이 새 두루마리 휴지로 바꿔 끼우는 바람에 낭
비가 심하다는 뉴스를 본 적이 있다. 단언컨대 그들은 게으르거
나 얕은수를 쓰려던 게 아니다. 일거리는 차고 넘치고, 시간은
항상 부족하다. "휴지를 변기에 버리지 마세요."라는 경고 문구
를 아랑곳하지 않는 고객들로 변기는 막히고, 오물과 함께 물
이 넘쳐 바닥을 더럽히기 일쑤다. "저쪽 화장실 넘치는데 확인

하셨어요?" 성질이 까칠한 고객은 우리가 빈둥거리기라도 하는 양 그렇게 타박한다.

차례를 기다리느라 고객들은 줄을 섰는데, 변기가 하나도 아니고 한꺼번에 세 개나 막힌 적이 있다. 그 층을 담당했던 누군가는 그만 오물로 흥건한 바닥에 주저앉아 울면서 건너편 구역을 담당하던 친구에게 전화를 걸었다. 둘은 인근에 있는 다른 백화점에서 일하다 지금의 백화점으로 함께 이직한 처지였다. "아이고, 순애(가명)야, 나는 못 해 먹겠다!" 그러니 "두 알의 타이밍으로 철야를 버티"(박노해, 「시다의 꿈」)던 저 80년대 '시다의 삶'으로부터 우리가 과연 멀어지기나 한 걸까?

5.

비비안 마이어에 대한 이야기가 화제다.

"미국 사진가 비비안 마이어(Vivian Maier, 1926–2009)는 보모로 생계를 유지하면서 틈날 때마다 사진기를 들고 거리로 나가 사진을 찍었지만, 생전에 전시회를 열기는커녕 자신의 사진을 누구에게도 보여 주지 않았다. 다만 매일매일 찍은 사진들이 쌓이고 쌓이자 창고를 빌려 보관했다.

20여 년 동안 해온 보모 일자리를 잃은 뒤로는 가난과 병으로 고통스럽게 살아야 했다. 늙고 지친 그녀에게 남은 것은 수십만 장에 달하는 사진뿐이었다. 전 재산이랄 수 있는 네거티브 필름과 슬라이드 필름, 그리고 프린트는 이를 보관하던 창고의 임대료를 내지 못해 압류당하고 만다. 결국 시카고의 한 벼룩시장에 경매물로 넘겨지게 되는데 그때가 2007년, 그녀의 나이 81살이었다."(CBS 칼럼)

그녀의 생이 신비로운 건 숨은 사진작가여서가 아니라 그녀의 예술이 '인정투쟁'과 전혀 무관해서이다. 예술에 흔히 따라붙는 '순수'란 저러한 형태를 가리킴이 마땅하다.

오늘날 우리 곁에 비비안 마이어가 만약 살아있다면, 그녀는 우리네 가난한 노동자들의 삶을 "매일매일" 사진으로 기록했을는지 모른다. 나의 글쓰기가 그녀의 작업과 조금이라도 닮아있기를….

6.

'고고학'에 '계보학'을 합친 푸코의 계보학은 역사가 침묵시켜 왔던 사람들의 묻힌 텍스트를 복원하는 것뿐만이 아니라, 이전의 역사적 절차가 무시했던 방법들을 이용하는 것으로 유명하다. 확인해본 바는 없으나 그의 계보학 목록에는 '변기'도 있다고 한다.

과연 청소부의 계보학만으로도 너끈히 세계의 미천한 노동사를 쓸 수 있을 것 같은 느낌이다. 가령 유럽에서 굴뚝 청소부는 중세부터 이어져 온 직업이다. 산업혁명기, 영국에서는 고

아 등 빈민층 아이들이 굴뚝 청소부로 내몰려 뜨거운 굴뚝 속에서 생명을 잃기도 했다. "When my mother died I was very young 어머니가 돌아가셨을 때 전 아주 어렸습니다 / And my father sold me while yet my tongue 아버지가 저를 팔아버렸습니다. 아직 제 혀가 / Could scarcely cry 'weep! 'weep! 'weep!' 'weep!' —뚝! —뚝! 소리도 제대로 내지 못할 때였습니다 / So your chimneys I sweep, and in soot I sleep. 그래서 전 굴뚝 청소하고 검댕 속에서 잡니다"라며 시작하는 윌리엄 블레이크의 시 〈굴뚝 청소부The Chimney Sweeper〉는 저러한 아이들의 비극을 다루고 있다. 뿐만 아니라 '침묵의 성자'로 세계에 알려진 인도의 영적 스승 바바하리다스가 작은 칠판에 글로 써서 전한 일곱 편의 감동적인 인생 이야기를 책으로 엮은 것 중에서 〈성자가 된 청소부〉라는 소설이 있고, "거리의 청소부가 운명이라면 라파엘이 그림을 그리듯, 미켈란젤로가 대리석을 조각하듯, 베토벤이 작곡을 하듯, 셰익스피어가 시를 쓰듯 그렇게 거리를 쓸어라."라고 마틴 루터 킹 목사는 청소부를 예로 들며 성실함을 주제로 설교한 적도 있다.

뒤집어 말하면 그건 청소부야말로 예나 지금이나 밑바닥 인생을 표상하는 계층이란 말과 같다. 그리고 이 직업이 사회 내에서 열등한 지위를 차지한다는 인식을 내면화한 건 불행하게도 미화원 자신들이다. 평균 연령이 60인 미화원 '언니들'은 직장에 자식이나 지인이 찾아오는 걸 죽기보다 꺼린다. 왜냐고 물을 필요는 없다. 우리는 이미 그 이유를 알고 있기 때문이다.

7.

클린트 이스트우드가 감독과 연기를 겸한 영화 〈밀리언 달러 베이비〉(2004)에는 모건 프리먼이 전직 권투선수 출신이자 권투도장의 청소부로 출연한다. 영화 속 모건 프리먼(에디 역)은 속이 깊고 따뜻하며, 겉모습은 우리가 가진 청소부의 이미지와 달리 중후한 멋을 풍기기까지 한다. 대걸레를 비스듬히 잡은 그가 권투도장을 느릿느릿 닦고 있는 모습은 한가롭고 점잖아서, 변기를 닦기 위해 쪼그려 앉은 모습이나 온몸에서 풍기는 불쾌한 땀 냄새 따위는 도무지 상상이 가지 않는 것이다.

8.

'일상'에 사용하는 작업 도구 중 '헤나'라는 게 있다. 바닥에 달라붙은 껌이나 오물을 긁어내는 데 필요하다. 줄여서 '리스킹'이라 불리는 리스킹걸레는 마른걸레질에 사용하는 기름걸레다. 대리석에 발자국이 남았거나 음료수라도 엎질러져 있으면 '마포' 혹은 '밀대'라고 하는 대걸레를 빨아서 잽싸게 물걸레질을 해야 한다. 대리석은 말 그대로 돌이어서, 제때 닦아내지 않으면 고스란히 물기를 흡수한다. 흡수된 물기는 돌에 흉터와 같은 흔적을 남긴다. 바닥에 떨어진 머리카락 한 올도 용납하지 않는 백화점의 청결함은, 그러한 도구들을 이용한 미화원들의 쉴 새 없는 작업에서 비롯한다.

아이스크림이나 음료수를 손에 들고 다니는 어린아이들은 정말이지 끔찍하다. 녹은 아이스크림이 바닥에 떨어지고, 그걸 누가 딛기라도 하면 매장 여기저기에 시커먼 발자국이 남는 건 금방이다. 고객이 테이크아웃 컵에 든 음료수를 실수로 쏟는다! 이거야말로 돌발 상황이다. 언젠가 내 앞에서 아이가 캔을 거꾸로 드는 바람에 끈적끈적한 과즙을 엎지른 적이 있다. 세일 첫날로 고객들이 붐빈 날이라 마치 폭탄이 터지듯 발자국이 사방으로 번져갔다. 물론 그런 치다꺼리를 하라고 미화원이 존재한다. 아이 부모 중 아무도 닦으려 들기는 고사하고 사과 한마디 없이 자리를 뜬 이유일 것이다. 염치와 권리를 구분 못하는 고객들의 뒤통수에 대고 상냥하게 웃어주어야 하는 게 또한 우리들의 임무다. 그런 면에서 서비스업체에 종사하는 미화원들은 감정노동자에 해당하기도 한다.

욕설을 퍼붓거나 상대를 두들겨 패고 싶은 충동을 계속해서 억누르면 어떻게 될까? 익명의 타자들에게 무차별 폭력을 행사하는 일이 발생할 수도 있지 않을까? 내가, 아니 주위의 모든 고객들이 갑자기 흉기로 느껴지는 순간이었다.

9.

적어도 내가 근무하는 곳에서 여자 미화원들에 대한 호칭은 '여사님'이다. 알다시피 여사란 호칭은, 통상 사회적으로 이름 있는 여자를 높여 이를 때 성명 아래 붙여 쓴다. 결혼한 여자를 높여 부를 때 사용한다는 또 다른 의미가 사전에 등재되어있으므로 긍정적으로 해석한다고 쳐도, 언어의 사용 가치는 언제나 당대적일 때 그 진가를 발휘하는 법이다.

부르는 자나 불리는 자나 웬만하면 낯이 붉어질 이러한 호칭에는 불러주는 이들의 반어적 심리, 즉 낮잡아보는 걸 들키지 않으려 도리어 과장되게 존중해주는 제스처가 숨어 있다. '고객은 왕'이라지만 실상은 자본을 목적으로 인격 그 자체로서의 고객은 사물화하듯이, '여사님'이라는 호칭은 미화원이라는 노동자의 특성을 소외시킨다. 과분한 호칭은 아이러니하게도 청소일이 가진 부정성을 오히려 부각시키고, 여자 미화원 모두를 집단적으로 희화화하는 것이다. 무엇보다, 격에 맞지 않는 호칭은 우리네 미화원들의 열악한 처우를 은폐하는 '데에만' 기여한다. 그리고 이게 그 호칭이 가진 가장 나쁜 점이다.

전설의 똥 덩이

1.

퇴근 전, 옷을 갈아입느라 방에 모였을 때 우리가 자주 입에 올리는 이야기는 화장실, 더 적나라하게 말해 바로 '똥'이다. 주간한테서 인계받은 화장실 상태가 얼마나 엉망이었는지부터, 변기가 막혀서 혼이 난 그날의 고생담이 우르르 쏟아지기 일쑤다. 우리가 이렇게 지저분한 이야기로 매일같이 수다를 떠는 이유란, 배수구로 통하는 구멍이 지나치게 좁은 그놈의 메이드인 아메리카 양변기 탓이다. 어쨌든 나는 굵기가 어마어마하다는 그 전설의 똥 덩이를 아직 만난 적이 없으니 다행이라면 다행이겠고, 화장실 문을 잠그지 않고 속옷을 갈아입는 남자 고객과 마주치는 행운(?)을 누리지도 못했다.

사실 내가 골치 썩는 상대는 흡연자들이다. 그들은 관리자가 없는 틈을 귀신같이 골라 담배를 태우고 꽁초를 변기에 버리고 간다. 이런 흡연자들 탓에 남자 화장실에는 휴지통이 없다. 화재의 위험이 있어서 차라리 변기에 그냥 버리기를 권장하는 꼴이다. 화재로 비상이 걸릴 땐 슈터장 문을 잠가버리기 때문에 쓰레기를 버리러 지상에서 지하로 가야 하는 불편까지 따른다. 더군다나 어딜 가나 금연 구역이니 흡연 욕구에 시달렸던 흡연자들은 한꺼번에 서너 대씩 줄담배를 태우고 간다. 일을 보고 물도 내리지 않은 채 그 위에 그대로 꽁초를 버리고 가는 대범 형(大犯 型)도 있다. 휴지와 똥과 꽁초로 잔뜩 막혀버린 변기를 뚫고 있자면 이즈음의 금연 열풍이 무슨 매카시즘 같아서 흡연에 비교적 너그러운 나도 머리끝까지 화가 치밀어 오른다.

화장실 이야기가 나온 김에 희한한 경험담 하나! 가족 나들이를 온 것으로 보이는 중년의 남자 고객이 있었다. 주문 마감 즈음인 늦은 시간, 아내와 자녀들을 식당 안으로 들여보내는 걸 봤는데, 나중에 화장실을 점검하러 가서 보니 그가 안에서 컵라면을 먹고 있는 게 아닌가. 나란 인간은 본래 상상력이 뛰어나지 못한 편이라, 이 남자가 왜 가족들을 두고 구태여 화장실에서 컵라면을 먹었는지 짐작조차 되지 않았다. 어쨌든 남편과는 따로 외식을 즐겼을 그의 식구들이 마냥 행복하게 여겨지지만은 않았다.

똥이 어떻고 엉겁결에 본 사내의 '물건'이 어쩌고 하며 우리가 시끌벅적하게 떠드는 날은 비교적 일이 수월했다는 증거다. 입에 단내가 나도록 뛰어다닌 날은 지쳐서 모두 기분이 나쁠 정도로 시무룩하다. 그럴 땐 서로가 서로를 측은해하는 심정이 된다. 그렇더라도 공동체 구성원들 사이에 있을 법한 끈끈한 유대감 같은 건 별로 찾아보기 힘들다. 특히 일을 오래 한 사람일수록 대인관계가 원만한 것 같아도 자기 속내를 잘 드러내지 않는 특징이 있다. 입사했다가도 며칠을 견디지 못하고 퇴사하는 사람들, 혹은 아침에 멀쩡하게 출근했다가 저녁에 갑자기 그만두는 사람들을 워낙 많이 보아온 탓에, 정을 줘봤자 자기만 상처 입는다는 생각에서다. 비단 여기만은 아니다. 평생직장은 이미 사라진 지 오래다. 전근대적 개인에 맥이 닿아 있는 전통적 생활 양식, 즉 정착민으로서의 공동체적 삶은 이제 까마득한 유물이 되어 버렸다.

2.

야간미화원의 주요 업무가 본격적으로 시작되는 때는 손님이 돌아가고 직원도 모두 퇴근한 이후다. 주간이 하던 일을 받아서 백화점이 문들 닫을 때까지 이어가는 걸 여기서는 '일상'이라고 부른다. 2교대다 보니 자기 몫의 일까지 넘겨주고 가는 얌체 같은 사람들 탓에 업무 인수 과정에서 갈등이 종종 빚어진다. 다시 말해 야간미화원의 일은 대략 세 종류로 나뉜다. 주간과 업무가 겹치는 '일상'과 에스컬레이트와 관련한 작업, 그리고 약품과 기계를 사용해서 바닥의 찌든 때를 벗겨내고 광을 내는 특수 작업이 있다. 찌든 때를 벗겨내는 전자를 '엠피', 그리고 후자의 광내는 작업을 '왁스'라고 한다. '일상'을 능숙하게 해치울 실력이 되고, 또 이내 퇴사할 눈치가 없어야 안심하고 이 일을 맡긴다. 엠피나 왁스를 위해 야간 미화반이 존재하는 거나 마찬가지기 때문이다. 이 일은 손쉽게 대체 가능한 단순노동과 달리, 청소일 중에서도 비교적 숙련된 기술을 필요로 한다. 해서 엠피나 왁스 작업 시엔 반장이나 감독이 직접 작업을 지시한다. 그러니만치 두 사람의 의견이 맞지 않을 땐 팽팽한 신경전이 벌어지고, 때로는 노동자들 특유의 고성이나 욕설이 오고 가기도 한다. 섬세한 감정을 모르는 사람들처럼 그들은 화를 내거나 내지 않거나 둘 중 하나다. 얼핏 보면 쉽게 싸우고 쉽게 화해하는 것 같기도 하다. 그러나 사람의 마음은 거기서 거기가 아닐까? 눈에 띄지 않는 균열이 쌓이고 쌓여, 언젠가 결정적인 순간이 오면 총체적 파국을 불러올 수 있다.

입사 초에 내게 돌아오는 일은 대부분 '일상'이었다. 그것도 일상 중에서 가장 힘이 든다는 지하 1층을 도맡아 청소시키곤 했다. 내 뒤에 들어오는 사람들에 비해 나는 유독 지하 1층을 오래 청소했는데, 아무래도 이내 그만둘 사람으로 보여 관리자들이 마구 부려 먹은 눈치다. 일상 팀은 2인 1조로 매일매일 조와 담당하는 층이 바뀐다. 그날 지하 1층을 맡게 된 두 사람을 두고 우리는 '당첨'되었다고 놀리곤 한다. 그만큼 일이 고되다는 말이겠다. 식품관과 푸드코트(fôod còurt)가 입점해있어서 고객들이 평일에도 붐비고, 푸드코트는 별별 음식을 취급하다 보니 백화점 내에서는 가장 냄새나고 지저분한 곳이라서 그렇다.

눈엣가시는 단연 아이스크림 가게와 과일음료수 등을 만들어 파는 가게다. 앞서도 말했다시피, 아이스크림과 음료수가 일으키는 말썽은 상상을 초월한다. 다음으로 미운털이 박힌 곳은 볶은 땅콩 등을 파는 견과류 가게 및 모든 음식점이라고 해도 과언이 아니다. 견과류 가게는 땅콩껍질이 많이 나오는데, 이건 쓸어 담기가 여간 곤혹스럽지 않다. 그러니 우리를 편하게 하는 매장은 포장 용기에 얌전하게 담긴 상품들만을 파는 데다. 예컨대 티백으로 된 차 세트나 홍삼 제품 등의 건강식품을 파는 가게들만 모여 있다면 우리는 더할 나위 없이 좋을 것이다. 하지만 일이 편하다면 미화원 수를 줄일 게 뻔하니 마냥 그런 가게만 있기를 바랄 일이 아니다.

한편으로, 인심이 풍부한 곳 역시 푸드코트다. 일본식 김밥을 만들어 파는 가게는 특히 그래서, 한번은 팔다 남은 거라며 챙겨주는 김밥과 주먹밥으로 지하 1, 2층에서 일한 사람들이 모여 새벽에 포식을 한 적도 있다. 백화점 측의 손익계산에 맞지 않으면 바로 퇴출되는지, '매대' 철거가 비교적 잦은 곳도 지하 1층이다. 우리야 지금의 김밥집이 번창하고 오래 버틸 수 있기를 빌어줄 따름이다.

3.

야간미화원으로 일하고부터 어디를 가든 그곳의 미화원들

을 유심히 살펴보는 버릇이 생겼다. 잘은 모르지만 우리네 세계에서는 '신의 직장'이라 통하는 공공기관의 미화원은 그래도 형편이 조금 나은 걸로 아는데, 내 눈에 띈 미화원들은 어떻게 된 노릇인지 열 명이면 열 명 다 '파김치'처럼 지쳐 있다. 쉬는 모양도 축축 늘어져서 무기력하기 짝이 없는 자세로 벽에 기대앉아 있곤 한다. 혹여 그런 그들의 마음을 십분 헤아려 밝은 표정과 활기찬 자세를 기대한다면 "범사에 감사하라!"라는 바울의 권면을 들려줄 일이다. 그렇더라도 긍정에 대한 일방적 요구는 삶의 구체성을 무시할 때 종종 폭력이 되는 것 같다.

동병상련이라고, 우리가 힘든 걸 알아주는 이들도 역시 같은 미화원들이다. 지나가던 고객 중에 가끔, 걱정 반 참견 반을 하느라 자기 신분을 노출하는 사람들이 있다. 가령 계단을 쓸고 있는 사람 곁을 지나가면서 "거, 빗자루 좀 새 걸로 사달라고 하세요. 손목 작살나겠네, 원."이라며 혀를 끌끌 차는 아줌마가 있다면 그이는 십중팔구 미화원이거나 미화원이었던 사람이다. 말마따나 미화원들의 사지육신은 어디 한 군데 멀쩡하기가 힘들다. 처음에는 파스를 붙이다가 손목 보호대나 발목 보호대를 찾게 되고, 급기야 팔꿈치 보호대와 무릎 보호대로도 해결이 안 되면 물리치료를 받거나 독한 약을 의지하게 된다. 나는 현재 열 손가락 모두 통증이 심해서 자판을 두드리는 건 물론이고 젓가락질조차 하기가 힘든 상태다. 이런 나를 향해 "만성이 되면 견딜만하다."라는 게 그들이 들려주는 유일한 위로다. 이런 위협 아닌 위협도 한다. "지금 번 만큼, 아니 나중에는 병원비가 더 들어갈 걸 각오해라. 그래도 어쩌겠나, 목구멍이 포도청인걸."

4.

단순 동작을 장시간 반복하노라면 정신없이 돌아칠 때와 달리 생각할 여유가 생긴다. 잠이 모자라 책상 위에 며칠째 펼쳐만 둔 제발트의 소설이 읽고 싶거나, 카프카가 아버지에게 쓴 편지의 어느 대목이 갑자기 궁금해진다. 그럴 때면 내 방 책장에 꽂혀있을 책들이 생각나면서 별수 없이 우울해진다. 실존주의로 들여다보거나 들뢰즈의 이론에 비추어 해석해왔던 카프카의 작품들이 모조리 자전적 소설로 '선연히 재해석'되는 경험을 책상 앞이 아니라 문화센터의 일곱 개 홀을 혼자 대걸레질하면서 겪기도 했다. 낮에는 원치 않는 보험회사의 직원으로, 밤이 되어서야 비로소 글쓰기를 할 수 있었던 작가의 삶에 나의 현재를 투사하는 데서 오는 과도한 주관성이 원인이리라.

휴무를 맞아, 그동안 벼르던 제발트의 소설을 펼쳐 들었다. "보고에 대한 보고이며, 역사적 기록들이며 문학적 사생아이다."라는 이리스 라디슈(Iris Radisch)의 말처럼, 그의 소설에는 역사적 기록들이 넘친다. 그중에서도 노동에 관한 글에 유독 관심이 간다. 우리의 뇌는 선택적으로 집중하게 되어 있다. 뭐 눈에 뭐만 보인다는 건 사실 매우 과학적인 말이다. 모든 문학은 어떻게 포장하더라도 결국 작가의 삶과 그의 내면이 투영된 결과물이라는 확신이 든다.

　　그래서 그가 걸어가면서 다시 한번 희미하게 빛을 발하는 거울 표면을 올려다보며 (수은과 청산염의 증기를 흡입한 결과 해롭고 치명적인 직무를 요구하는 그러한 거울 제조 시기에 얼마나 많은 노동자들이 죽었는지 아느냐)라고 스스로에게 질문하며, 높은 대기실 거울의 제작에 사용된 절차를 설명하기로 작정한 것이 내게는 잊히지 않는다. (17쪽)

　　요새 주변을 둘러싼 통로는, 검게 타르를 칠한 처형장의 기둥들을 지나 수감자들이 오로지 삽과 손수레만을 이용해 담장 주변에 쏟아부을 25만 톤 이상의 돌과 흙을 운반해야 했던 작업장으로 이어졌다. 요새의 창고에서 볼 수 있는 이 수레들은 분명 당시에도 가공할 정로도 원시적인 것이었다. (26쪽)
　　　　　　　　　　　　　—W. G. 제발트, 『아우스터리츠』, 을유문화사

　　죄의 대가로 에덴에서 쫓겨나게 된 아담이 '노동'의 형벌까지 떠안았다지만, 의식적이고 목적 지향적인 행위로서의 '일반 노동'과 차별과 배제의 삶을 강요하는 '노예 노동'은 분명 구분되어야 한다. 그런데 자본가가 될 가능성이 거의 0%인 이 21세기 노동자들의 노동은 어디에 속하는 것인지….

푸른 쓰레기통

1.

주지하다시피 '푼크툼(punctum)'이란, 사진 작품을 감상할 때 관객이 작가의 의도와는 관계없이 자신의 경험에 비추어 작품을 받아들이는 것을 말한다. 프랑스의 구조주의 철학자이자 비평가인 롤랑 바르트(Roland Barthes)가 「카메라 루시다」에서 내세운 이 개념은 '찌름'을 뜻하는 라틴어 'punctionem'에서 비롯됐다고 한다. 바르트는 푼크툼과 함께 '스투디움(studi-um)'의 개념도 정의했는데, 스투디움이란 사진을 볼 때 사회적으로 공유되는 공통된 느낌을 갖는 것, 작가가 의도한 바를 관객이 작가와 동일하게 느끼는 것을 뜻한다.

생각기로, '푼크툼/스투디움'의 개념은 작가 특유의 내적 체험이 독자들의 보편적인 정서 혹은 개별적인 정서와 연계됨으로써 공감과 공유를 이끌어내는 예술 경험 전반의 특징을 사진에 국한해서 적용한 데 불과하다. 아닌 게 아니라 최근에 나는 성기완의 작품 「푸른 큰 쓰레기통의 뜻을 지나며 묻는 새벽」

을 읽으며 '시에서의 푼크툼'이라 할 만한 경험을 했다. 새천년에 해당할 "새벽", 그 새벽을 통과하고 있는 우리 사회의 암울한 이면을 "푸른 큰 쓰레기통"이 놓인 배경에 빗대어놓았음이 분명한 작가의 의도와는 상관없이, 나는 "형광 조끼 입은 아저씨들"이 등장하는 것만으로도 시의 '언어'가 나를 찌르는 느낌을 받은 것이다. 그 경험이 얼마나 짜릿했던지, 내가 미화원이라는 사실이 처음으로 유쾌했다.

　　새벽이 무어냐고 물으신다면 아직 지하철이 다니지 않는 시간이라 말하겠어 대신 나는 푸른 큰 쓰레기통을 지나며 내 음을 맡지 그것들이 퍼르스름한 대기 속을 엎드려 있어 새벽을 여는 사람들이라 일컬어지는 형광 조끼 입은 아저씨들이 큰 젓가락으로 그 시체를 후비고 있어 심호흡을 할까 나는 세기말의 부랑자 걷고 또 걸어도 대답 없는 저 푸른 큰 쓰레기통 왜 도대체 왜? 새벽이 무어냐고 물으신다면 좆도 아니라고 말하겠어 그냥 큰 푸른 쓰레기통을 지나치는 시간이라 말하겠어
　　―성기완, 「푸른 큰 쓰레기통의 뜻을 지나며 묻는 새벽」 전문

2.

　내가 아는 어떤 시인은 세상에 태어나게 만든 죄를 자녀들한테 자주 사과한다고 한다. "너무 어두운 세계관이 아닐까

요?"라고 그에게 반문했지만, 내심 나도 자식들을 대할 때 죄의식이 아주 없지는 않다. 그 죄의식에는 점점 심해지는 빈부 격차, 거덜 나고 오염된 지구를 물려준다는 다소 '거창한' 의식도 들어있다.

작가로서의 내가 언격(言格)이 곧 인격(人格)이라며 사람들이 사용하는 말과 글에 예민하게 반응하듯, 미화원인 내 눈엔 오나가나 쓰레기고, 그 넘쳐나는 쓰레기가 거슬린다. 억 단위의 보증금을 내고 들어와 백화점의 쓰레기를 수거하는 업체로서야 거기서도 '돈'이 보이겠지만 말이다.

정작 환경오염의 실태를 모르고 하는 순진한 소리일 수도 있겠으나, 내 보기에 백화점만큼이나 유해 물질이 많이 배출되고 분리수거가 심각한 곳도 없다. 일단 청소부인 내 손을 거쳐서 버려지는 것들만 살펴보자. 테이크아웃 컵은 그 자체로도 공해지만, 남은 음료수가 쏟아져 있어서 성인 허리 높이 정도 크기의 비닐봉지가 재활용되지 못한 채 곧장 버려진다. 각 층마다 비치해둔 대형휴지통이 대여섯 개가 넘고, 주간과 야간이 각각 한 번씩만 비운다고 쳐도 그 수가 적지 않다. 정수기와 자동 인출기에 딸린 휴지통의 비닐봉지는 어떤 땐 종이컵 하나, 찢어진 영수증 한 장 들어있는 게 다인데도 버려진다. 이미 지적했다시피 음료수가 쏟아져 있기는 다반사고, 씹다 버린 껌이나 뱉어놓은 사탕 등이 있어서다. 껌이나 사탕의 냄새를 어쩌지 못하니 봉지가 아까운 건 문제가 아니다. 사무실에서는 사용한 A4

용지나 모아둔 일간지를 한꺼번에 내놓곤 하는데, 그것들도 무신경한 직원들에 의해 '거의 항상' 뭔가로 더럽혀져 있다. 결국 내 안의 '소심하고 도덕적인 주부'가 분리수거를 따지며 인상을 찡그리건 말건, 폐지를 일반 쓰레기와 함께 대형 비닐에 담아 슈터장에 아무렇게나 던져버리게 된다. 여기까지는 약과다. '문화센터'에서 쏟아지는 쓰레기의 양은 진부하나마 '산더미 같다'는 표현이 마침맞다. 이런 형편이니, 매일같이 쏟아지는 어마어마한 양의 쓰레기를 생각하는 자체가 내겐 현기증 나는 일이다.

사무실 이야기를 좀 더 하자면, 직원들 발치마다 놓인 서른 개 가까운 휴지통을 비우는 일도 내 몫이다. 모두가 퇴근한 사무실에 들어서면, 어찌 된 노릇인지 그때까지도 에어컨이 켜져 있다. 텅 빈 사무실에 에어컨이 저 혼자 빵빵하게 돌아가는 광경을 보노라면, 각종 전열기가 뿜어대는 열기로 말미암아 찜통 같은 공간에서 땀에 흠뻑 절어 일하는 우리가 상대적으로 비참하게 느껴진다. 한때 백화점 측에서는 영업시간 이후, 전력 절감을 핑계로 정수기의 전원마저 내려버린 적이 있다. 냉수가 아닌, 그저 마실 물을 찾아서 우리가 이 층에서 저 층으로 찾아 헤맨 게 불과 얼마 전인 것이다. 에어컨 바람을 쐬는 뜻하지 않은 호사를 누리면서도 내 마음에 날이 서는 이유가 그래서이다.

여유로운 누군가는 함부로 쓰고 버리고, 힘겨운 누군가는 그들이 버린 걸 줍고 치우며 연명한다. 어느 조직에는 남아도는 전기가, 어느 조직에는 언감생심 사치다. 물론 이 같은 구분은 화이트칼라/블루칼라처럼 지나치게 이분법적인 면이 있고, 나 자신 미시적 일상이 거대한 구도의 재현이거나 증명임을 완전히 확신하지도 않는다. 그럼에도 기분이 언짢은 건 어쩔 수 없다. 이게 상대적 박탈감인지, 아니면 그저 만만한 "대리표적"(지그문트 바우만)에 분노를 투사하는 건지는 모르겠다. "왜 나는 조그만 일에만 분개하는가"(「어느 날 고궁을 나오면서」)라던 김수영의 시가 자꾸 생각나는 날이다.

3.

저 등대를 세운 사람의 등대는 누가 세웠을까.
물의 사람들은 다 배화교의 신자들.
폭우와 어둠을 뚫고 생의 노를 저어
부서진 배를 바닷가에 댄다.
등대 근처에 아무렇게나 배를 비끄러매고,
희미한 등불이 기다리는 집으로
험한 바다 물결보다 더 가파른 길을 걷는다.
내 생의 등대가 저 깜빡이는 불빛 아니던가.
허기진 배로 문을 열면 희미한 불빛 아래
난파한 배처럼 이리저리 널린 가족들.
내가 저 어린 것들의 등대란 말인가 하면서
그 곁에 지친 몸을 누이고 등불을 끈다.

— 김선굉, 「등대」 전문

퇴근 전, 방에 돌아온 H 언니의 티셔츠는 땀에 젖었다 말랐다 반복한 탓에 소금이 허옇게 떨어진다. 무릎 관절이 모두 망가진 H 언니는 앉아서 엉덩이로 바닥을 미는 자세로 어기적거리며 바지를 갈아입는다. 늘 밝고 씩씩하던 언니가 웬일로 "사는 게 고단해 못 살겠다. 한 달만 죽었다가 깨어났으면 원이 없겠다."라고 투덜거린다. "죽고 사는 게 마음대로 될 것 같으면… 그리고 어디 맘 편히 죽을 수나 있겠어, 손자들이 눈에 밟혀서." 비슷한 연배의 B 언니가 실실 쪼개듯 눈을 흘긴다. 두 사람은 늘, 자식들이 효도하러 집에 찾아오는 것도 귀찮을 만큼 피곤하다고 입버릇처럼 말한다. 그러다가도 손자들 얘기만 나오면 입이 금방 벙글어진다. 저 죽일 놈의 핏줄!

4.

"설마? 농담하지 말아요."

요즘 얼굴 보기 힘들다는 인사에, 백화점에서 환경미화원으로 일한다고 대답하면 즉각적으로 돌아오는 반응 중 하나다. 우회하거나 침묵하는 지혜가 부족해서, 나는 노출증환자처럼 나를 난폭하고 과장되게 드러내고야 만다. 어쨌든 결코 거짓말이나 농담이 아니라는 걸 알고 나면 사람들은 당황하며 한동안 말을 멈춘다. 더러는 '위장취업'을 한 게 아니냐는 의심마저 불사한다. 그런 그들에게서는 저 70~80년대의 노동사적 아우라

(Aura)에 대한 기대마저도 엿보인다. 내게 '환경미화원'이란 직업은 "어디에서나 동일하게 통용되는 매우 보편적인 이해관계, 결합 수단 및 의사소통의 수단을 제공해주며, 또 다른 한편으로는 매우 현저한 인격의 보존, 개체성 및 자유를 가능하게 해주"(게오르그 짐멜)는 돈, 그 '돈'을 벌게 만드는 수단일 뿐인데 이걸 지인들한테 납득시키기가 이다지도 어렵다.

직업에 귀천이 없다는 말은 단지 클리셰(cli·ché)에 불과하더라는 경험의 토로가 아니다. 대학교의 비정규직 시간강사, 나아가 문학평론가라는 타이틀과 '환경미화원'이 어울리지 않는다는 걸 모를 만큼 꽉 막혔거나, 세상의 진부한 관념에 맞서 에너지를 투자하는 이상주의적 삶과 나는 거리가 멀다. 나는 예나 지금이나 '적당히 상식적이거나 이중적'이고, 때문에 속물이라면 속물일 그저 평범한 인간일 따름이다.

그런 내가 환경미화원이 된 데는 매문위활(賣文爲活)을 할 정도로 청탁이 줄을 이은 것도 아니고, 문화예술가들을 지원하는 메세나(Mecenat)를 활용할 주변머리가 없었던 탓이 크다. 물론 진을 빼가며 원고를 써도 도무지 돈이 되지 않는 문학 환경에 화가 나기는 했었다. 거기다가 자기 고집대로 하는 바람에 기어코 가계를 위태롭게 만든 남편한테 자학적으로 화를 내려는 치졸함, 형편에 맞춰서 사는 본을 자식들한테 보여줘야 한다는 맹모(孟母)적이고도 강박적인 심리가 없었다고는 말 못하겠다. 그렇더라도 굳이 백화점의 야간 환경미화원이 된 이유란,

한 주에 이틀 있는 강의 시간을 피해 갈 수 있고 '주 5일 근무제'여서 쉬는 날 원고를 쓸 수 있다는 나름의 계산이 서서였다. 무엇보다 일을 시작할 때는 몇 년을 지지부진하던 논문 주제가 통과되어 비로소 연구를 본격적으로 시작할 시점이기도 했다. 고백하자면, 나는 아무도 모르게 이 일을 하다가 형편이 나아지는 즉시 '때려치우고' 싶었다.

그러므로 수기나 르포르타주에 못 미치는, 일기도 독서일기도 아닌 이 어정쩡한 글쓰기는, 순전히 '가난의 맨얼굴'을 대면한 놀라움에서 시작되었다. 그 얼굴은 낯설고 기괴하지 않았기에 오히려 놀라웠다. 이토록 가까이, 이토록이나 도처에 가난이 있다니!

가엾은 모정

1.

생각이 생각의 꼬리를 물고, 또 다른 연상과 기억을 불러온다. 어쨌든 이것은 죽음이 아니라 가난에 관한 이야기다.

내가 초등학생이던 70년대 초까지, 걸식을 하러 집에 찾아오는 거지나 헌 옷이나 빈 병 등을 주워 연명하는 넝마주이는 주위에서 심심찮게 볼 수 있는 극빈자들이었다. 하지만 내 기억 속의 젊은 부부가 동냥하러 나타난 적은 없던 듯싶다. 언제부턴가 이들은 마을 입구에 놓인 다리 밑에서 거기를 지붕 삼아, 이불을 벽 삼아 자리 잡고 살기 시작했을 따름이다. 장마로 개천에 물이 불어난 어느 날, 그들의 어린 자식이 익사하는 사고만 발생하지 않았다면, 이들 부부 역시 마을 주변에 잠시 머물다 사라지는 떠돌이에 불과했을 터이다.

이들 부부를 생각하면 반드시 떠오르는 게 크리샤 고타미에 관한 일화다. 뒤집어서 크리샤 고타미를 생각하면 반드시 이들 부부가 떠오르기도 한다.

붓다와 같은 시기에 살았던 크리샤 고타미라는 여인은, 한 살밖에 되지 않은 자식이 질병으로 죽자 아이를 살릴 방법이 없냐고 만나는 사람마다 붙들고 애원했다고 한다. 무작정 거리를 헤매고 다니는 이 가엾은 모정을 딱하게 여긴 어느 현자가, 붓다를 찾아가 보라고 권했다. 여인의 하소연에 귀를 기울이던 붓다는, 크리샤 고타미에게 겨자씨 한 알을 구해오라고 요구한다. 단, 조건이 있다. 죽음을 한 번도 경험해보지 않은 집에서 얻어온 겨자씨라야 할 것! 그러므로 이 이야기의 끝이 어떠한가는 충분히 짐작할 수 있다.

이들 부부에 대한 기억과 '티벳 사자의 서'에 나온다는 크리샤 고타미의 이야기가 붙어 다니는 이유란, 내가 보았던, 죽은 아이를 안고서 실성한 듯 외치던 젊은 어머니의 모습이 일화의 장면과 정확히 겹치기 때문이다. "우리 애가 죽었어요! 아줌마, 아저씨, 누가 애 입에 물 한 모금만 넣어줘 보세요." 넋이 빠진 여자는 다리 위에서 그 광경을 내려다보느라 둘러선 사람들을 향해 흐느꼈었다. 구경꾼 중에서 "미친년 아니야, 물 먹고 죽은 애한테 물을 먹여보라니."라는 소리가 터져 나왔다. 지금까지, 얼굴도 전혀 기억나지 않는 아낙네의 그 새된 목소리만큼 내게 무정함이나 무자비함을 연상시키는 건 없다. 남에게 아무런 해를 가하지 않더라도, 무정함이나 무자비함은 그것 자체로 충분히 악하다.

가난에 대해 생각하다가 가난한 부부가 기억났고, 가난한 부부에 대한 기억이 크리샤 고타미의 일화를 떠올리게 만들었다. 요컨대 지자체의 정규직 환경미화원이 아닌 하청업체의 비정규직 환경미화원으로서의 내 노동 가치는 2015년 현재 기준으로 시급 5,580원이고, 그것의 다른 이름은 '최저임금'이다. 강조하건대 나는 짬을 내서 일하는 아르바이트생이 아니다. 하루 8시간이라는 시간과 한계치의 노동력을 제공함으로써 받는 비정규직 노동자로서의 봉급은, 내가 적어도 까마득한 과거로 돌아가 살지 않는 이상, 인간으로서의 최소한의 존엄성을 유지하기에 터무니없는 재화다.

어린 시절의 내가 목도했던 가난이 절대적 빈곤이었다면, 오늘날의 가난은 상대적 빈곤이라고 흔히 말들 한다. 스스로 노력하는 한 '절대로' 절대적 빈곤은 없으며, '더' 부르주아적이거나 '덜' 부르주아적인 삶만이 존재하며, 자본주의적 욕망에 시달리는 상대적 박탈감이 오늘날의 현대인들이 지닌 문제점이라고 말이다. 그렇더라도 자본주의적 인류의 각성과 보편적 가치를 일깨우는 논의가 '가난'의 당위성을 입증하는 쪽으로 기울어서는 곤란하다. 곰곰이 따져보자. 노숙자나 쪽방 신세를 면할 정도의 경제적 수준이면 절대적 빈곤에서 벗어난 걸까? 오로지 '먹고 사는' 데에 그치는 동물적 삶이?

이처럼 현대의 가난에 대해 생각하노라면, 자본가/비자본가 혹은 자본가/노동자로 계급을 구분함이 대단히 시대착오적이라는 슬라보이 지젝(Slavoj zizek)의 논의에 절로 동감을 표하게 된다. 이것은 생산력의 증대에 따른 자본주의의 발전이 사회의 다수를 차지하는 프롤레타리아트(노동자 계급, 또는 생산 수단을 갖지 못했다는 의미에서 '무산자(無産者) 계급'을 의미하는)에 대한 착취를 통해 이윤을 추구함으로써 유지된다고 하는 카를 마르크스의 자본론이 지금 현재를 제대로 읽어내기에는 역부족이고, 육체노동자 전부를 기득권에서 배제된 존재로 무작정 여길 필요가 없다는 뜻이기도 하다. 정규직과 비정규직의 임금 차이가 보여주듯, 노동자라고 다 같은 노동자가 아닌 것이다.

2.

자본주의의 상징, 소비자본주의의 상징, 부(富)의 상징, 여인들의 욕망이 빚어낸 자본주의의 상징, 자본주의의 축소판, 소비문화의 정점… 이 모두는 하나같이 백화점을 일컫는 이름들이다. 이 같은 수식어들에 걸맞게, 과연 내가 일하는 층에는 연 4천만 원 이상을 소비해야 가입이 가능한 클럽의 전용 라운지가 있다. 뿐만 아니라 이 백화점의 다른 층에는 연 1억 원 이상의 소비가 조건으로 내걸린 보다 고급형인 클럽도 존재한다.

발렛파킹 서비스 및 각종 혜택을 누리는 회원들이 라운지를 드나들 때마다, 열리고 닫히는 문틈으로 은은한 커피 향이 새어 나올 때마다. 나는 그 안쪽에 뭐가 있나 기웃거리곤 한다. 대걸레를 잡고 선 푸른 제복의 환경미화원에게 라운지의 출입문은 실수로라도 입장을 허락할 것 같지는 않다. 동경과 호기심 어린 눈빛이 좇고 있는 걸 알면서도 회원들은 짐짓 아무렇지 않은 표정들이다. 나는 나의 시선을 즐기는 그들의 은밀한 즐거움을 은밀히 즐긴다. 이 비틀린 즐거움이야말로 자본주의가 내게 남긴 상흔의 묘한 얼굴일 터이다. 아무튼 클럽의 회원들이 소비하는 돈은 비록 낮은 단계의 액수라 할지라도 내게 어마어마한 숫자고, 죽었다 깨어나도 내가 그들처럼 소비를 과시하며 살 수는 없는 노릇이다.

하지만 그들의 부가 납득할만하다고 해서 우리들의 가난이 이해되는 것은 아니다. 자신의 위치에 대해 불만을 품지 않는 기득권자들과 우리 사이에는 이러한 차이점이 존재한다. 아무리 열심히 일해도 우리가 가난한 이유, 앞으로도 가난할 수밖에 없는 이유, 영원히 가난해야 마땅한 이유를 누가 명쾌하게 설명할 수 있을까.

3.

출근길에는 아무래도 백화점 주차장의 전광판을 주시하게 된다. 남은 주차대수를 알리는 전광판의 숫자가 옥외 옥내 할 것 없이 '0' 혹은 '혼잡'이라는 글자로 모조리 도배가 되었거나, 주차장 쪽으로 우회하기 위해 바깥 차선을 점령한 채 길게 늘어선 자동차들의 행렬을 보면, 사람멀미 비슷한 증상이 도지면서 절로 한숨부터 나온다. 당연히 백화점 측에서 듣는다면 펄쩍 뛸 소리다. 뉴스에서는 불황형 흑자라느니 불황의 터널로 진입했다는 소식으로 연일 흉흉한데, 어찌 된 셈인지 내가 일하는 백화점의 고객 수는 줄어들 기미가 없다. 이곳의 쇼핑객들은 대부분 중산층 이상이고, 중산층 이상의 사람들은 경기의 영향을 받지 않는 게 아마 확실하다.

물론 개중에는 더위를 피해 백화점의 에어컨 밑으로 몰려온 피서객들도 섞여 있다. 지하 1층에 있는 시식코너에서 무리하게 얻어 먹이다가 아이가 꾸역꾸역 토하도록 만드는 목이 늘어진 티셔츠 차림의 여자, 화장실의 두루마리 휴지를 빼서 가방에 몰래 넣어가는 좀도둑들, 칭얼거리는 아이를 업고 안고 하루종일 백화점 안을 맴도는 '애 봐주는 노인' 등이 바로 그들이다.

전 지구적 자본주의의 상황을 질문하자 슬라보이 지젝은 이렇게 대답한다.

"파국적이지만 심각하지는 않다."

이차대전 당시 독일군과 오스트리아군 사이에 있었던 교신 내용을 패러디한, 자본주의의 상황뿐 아니라 환경문제 등의 부정적 상황을 빗대기 위한 목적으로도 종종 동원되는 지젝의 이 말은, "모두 병들었는데 아무도 아프지 않았다"라는 시구(詩句)의 형식과 의미가 일치한다. 정치적 억압의 시대에 시인이 자유의 불감증을 고통스럽게 노래했다면, 지젝은 자본주의의 한계상황을 깨닫지 못하는 21세기적 경제 불감증을 위트 있게 질타한다. 심각하지 않다는 게 아니다. 파국을 파국으로 체감하지 못하는 사람들의 무신경을 그는 꼬집는 것이다.

그렇지만 난파된 배에서 탈출하거나 구조되는 이들이 '부당한 기득권자들'이었음을 저 세월호는 증명한다. 이것은 파국과 절멸 그 너머의 신세계를 우리가 앞당겨 걱정해야 하는 이유, 혹은 정반대로 도무지 기대하지 말아야 할 이유이기도 하다.

4.

예순이 넘거나 가까운 사람들과 한 조가 되어 일을 하는 경우, 그들의 생물학적 나이가 나보다 많다는 것만으로 나는 '언니'들을 안쓰럽게 여기곤 했다. 해서 다소 순진한 선의를 품고서 내가 "앉아서 땀 좀 닦고 계세요. 여기서부터 저기까지는 혼자서 쓸게요."라는 말이라도 건넬라치면 의외로 퉁명스럽거나 쌀쌀맞은 반응이 돌아오곤 했다. 심지어 자신을 힘없는 늙은이로 취급한다고 화를 내는 사람까지 있었다. 나를 무안하게 했던 그들의 황당한 태도가 지금은 이해가 간다. 나이가 올무가 되어 노동 시장에서 퇴출당할지도 모른다는 두려움이 필경 그들을 괴팍스러운 언니들로 만들었을 터이다.

환경미화원들의 세계에서 40대와 50대는 젊은 축에 속한다. 그러한 '젊은' 신입이 입사하면 60대인 언니들은 과장된 태도로 반색한다. 젊은 사람들로 북적대니 일터에 활기가 돈다고, 힘들어도 참고 이겨내라며 어깨를 두드려준다. 나 역시 한때 그런 위로와 격려를 받았다. 이제는 그게 순전히 고맙지만은 않다. 나이로 말미암아 위축된 심리를 감추려는, 눈치껏 굴기 위한 제스처임이 빤히 들여다보이고, 반장이나 감독의 시선을 의식한 계산속이 그동안의 훈훈함에 찬물을 끼얹어서다.

미화원이 되고 나서 사회의 양극화현상, 그중에서도 경제적 양극화현상을 더욱 실감한다면, 고령화사회(Aging Society)의 심각성은 미화원이 되고서야 비로소 절감하는 점이다. 늙음은 우리를 편하게 하고 죽음은 우리를 쉬게 한다고 장자는 늙음과 죽음을 예찬했지만, 평균수명이 백세인 이 시대의 덤 같은 노년이 어떤 이들에게는 축복이 아니라 저주다. 자식을 교육시키고 집 장만까지는 어찌어찌했는데 미처 노후대책을 마련할 정신이 없었다. 제 몸 하나 건사하기에도 빠듯해 하는 자식들한테 손을 벌리기는커녕 여전히 도와줄 처지인 연배들. 이들은 늘그막이라기에는 아직 어색한 나이의 생계를 위해, 혹은 손자와 손녀에게 쥐어 줄 푼돈을 목적으로 다시 돈벌이에 나선다. 이 같은 나이가 지긋한 치들은 최저임금을 인상해야 한다는 주장에 은근슬쩍 난색을 표한다. 안 그래도 눈치가 보이는 판이다. 비싼 돈을 내고 누가 노쇠한 노동력을 쓰려고 하겠는가. 그러니 최저임금이 인상되면 노인 인력에 대한 수요가 줄어들 거라 염려하기 때문이다.

　반면 4, 50대의 비교적 젊은 층은 '떼거리로 몰려나온 늙은이들'이 적은 돈이라도 마다하지 않는 탓에 일자리가 부족하고, 과잉된 인력 공급이 결국 최저임금의 인상을 막는 요인이라며 그들의 뒤통수에다 대고 눈을 흘긴다. 이와 같은 비정규직 노동자들 사이에 알게 모르게 존재하는 세대 간 갈등은, 국가 발전의 최종 단계가 복지국가여야 함을 새삼 확인하게 만든다.

　퇴직 후에도 일자리로 내몰린 '새파란 노인'들은 가까운 미래의 우리 자화상이다. 다시 말해 최저임금을 놓고 벌어지는 세대 간 갈등이 환경미화원 집단만의 문제로 치부되어서는 안 되며, 사회 담론적인 재생산 과정을 통해 복지국가로의 반향을 불러일으키는 원동력이 되어야 한다. 비록 노인 세대를 부양하는 젊은 세대가 현격히 줄어든다는 점 등이 걸림돌로 존재하더라도 말이다.

시를 쓰는 지게꾼

1.

내가 미화원이라는 사실을 아는 K 선생이, 이곳 백화점에서 결혼기념일을 보냈다고 자랑한 적이 있다. 축하한다는 인사말 끝에, "지척에 있는 D백화점을 가시잖고."라는 우스개를 하고 말았다. 고객이 지나간 흔적을 지우는 게 고역인지라, 농담 속에 진심이 아주 없었다고는 말 못하겠다.

세상에 미제사건이나 영구미제사건이 있다는 건 참으로 이상하다. '일상'을 해보면 곳곳에 자기 흔적을 남기는 게 사람이기 때문이다. 엘리베이터 단추를 누르거나 에스컬레이터를 짚으면 손자국이 남는다. 손자국에는 기름기가 배어있게 마련이어서, 시간이 지나면 스테인리스강으로 만들어진 사물들은 시커멓게 변색이 된다. 손자국이 눈에 띄는 즉시 지워야 하는 이유다. 화장실에서 기저귀를 갈아주는 젊은 엄마들은 걸음마를 할 정도의 아이면 거울 쪽으로 세워놓은 채 일을 처리한다. 거울이 온통 고사리 같은 손자국으로 더럽혀지는 건 시간문제다. 손을 씻고 난 후 물기를 털어서 튄 거울의 물 자국, 화장을 고치다 묻힌 거울의 분 자국이나 루주 자국도 지워야 한다. 정수기 근처에 흘려놓은 물을 닦아야 하고, 신발 자국을 닦아야 하고, 오늘처럼 비라도 내린 날이면 우산에서 뚝뚝 떨어진 물을 따라다니며 닦아야 한다. 게다가 내가 일하는 층은 백화점답지 않게 화장실 입구 쪽 복도가 모조리 창이다. 실내에서 맴도는 게 갑갑하고 지겨운 아이들은 또 거기에 매달려서 밖을 내다보며 논다. 창에 당연히 손자국이 남고, 그걸 닦아내는 건 고스란히 내 몫이다.

비질도 장난이 아니다. 리스킹(기름걸레)으로 종일 밀고 다니지만, 쓸어내도 쓸어내도 여자들의 길고 구불구불한 머리카락, 옷에서 떨어진 먼지와 실밥, 신발에 묻혀 들어오는 오물 등은 끝이 없다. 매장 바닥에 굴러다니는 머리카락과 남자 소변기에 떨어진 거웃을 통 털어 우리는 '터러기(털)'라고 부르는데, 그놈의 터러기를 모으면 과장해서, 하루 만에 털스웨터를 한 벌 짤 수도 있을 거다. 그리고 이 일련의 일들은 우리의 하루 일과 중에서 매우 쉽고, 가볍고, 사소한 노동에 불과하다.

2.

여름이 확실히 한풀 꺾인다는 느낌의 비가 종일 내렸다. 비가 그친 뒤의 하늘 저편으로, 얼핏 가을의 얼굴이 나타났다 사라진 것 같기도 하다. 처음 작정과 달리, 신학기를 맞으면서 시작한 환경미화원 일을 이 학기가 코앞인 지금도 하고 있다. 그동안은 사람의 왕래가 번다한 백화점에서 일하는 것 치고는 희한하게도 아는 사람과 만난 적이 없었다. 그런데 최근 들어, 이틀 연속 누군가와 마주치는 불상사(?)를 당하고 있다.

한 사람은 주차장에서 뒤를 돌아보다 나와 눈이 마주쳤다. 그는 내가 급격히 마른 것을 두고 민망하게도 "예뻐졌네."라고 돌려 말해주었다. 하필 화장실 청소를 하다 만난 지인은 내 쪽에서 먼저 손짓하며 부르자 어리둥절한 표정으로 "나요?"라는 표정을 짓기까지 했다. 나라는 걸 겨우 알아차린 그녀는 "살이 너무 빠져서 몰라보았어요."하며 놀라워했다. 앞의 선생은 다시 지나가는 투로 "웬 도깨비짓이요?"라고 질문을 우회했고, 대학원에서 같이 공부했던 뒤의 사람은 역시나 직설적이게 "왜 이런 데서 일하세요, 무슨 일이에요?"라며 눈을 동그랗게 떴다.

그들이 내 외모에 놀란 것이 무리는 아니다. 다섯 달 만에 체중이 무려 7킬로나 줄었기 때문이다. 돌아와 씻을 때마다 머리끄덩이를 잡고 싸운 여자처럼 머리카락이 한 움큼씩 빠지는 것도 걱정스럽다. 이러다 탈모가 오면 어떡하나 싶다. 일이 힘에 부치는 걸 절감하다 보니, 책을 읽다 발견한 이러한 구절에 고개를 갸웃하게 된다.

1938년부터 39년 사이에 진행된 헤겔에 대한 콘퍼런스에서 코제브는 역사와 인간의 종언을 행위의 종언으로 풀어 설명한다. 행위의 종언이란 구체적으로 말하자면 유혈적 전쟁과 혁명의 종언을 의미하며, 이와 더불어 세계와 자기의 이해로서의 (사변적) 철학의 사라짐을 가리킨다. 이러한 마르크스-헤겔적인 역사의 종언이 실현되었다는 사실을 코제브는 1948년에 미국을 여행하면서 확인한다. 거기에서 그는, 이미 '계급 없는 사회'에 도달하여 그 구성원들이 필요 이상의 노동을 하지 않으면서도 그들이 원하는 물질적 풍요를 충분히 스스로에게 제공할 수 있는 사회를 목도한다. (김홍중, 『마음의 사회학』)

앞뒤 맥락을 무시한 채 인용 부분만을 현실에 적용해보자면, 지금의 한국은 새로운 '계급 사회'임이 분명하다. 공교롭게도, 고대 아테네의 테테스 계층(최하층 노동 계층)과 우리의 저소득 계층은 그 비율이 정확히 일치한다.

아무튼 드러내거나 드러내지 않은 채 놀라고 궁금하게 여기는 두 사람의 반응을 직접 겪자니, 형편이 나빠진 이들이 왜 자꾸만 움츠러들고 숨어 지내는지 이해가 간다. 동정과 연민의 대상이 되는 처지란 생각보다 괴롭다. 새삼스러울 것도 없이, 비평가로서의 품위(?)를 유지하려면 무엇보다 '돈'이 필요한 곳이 이 자본주의사회이기도 하다.

3.

"우리나라의 시는 지게꾼이 느끼는 절박한 현실을 대변해야" 한다는 신동엽의 주장에 대해 김수영은 지게꾼을 대변하는 시인이 아니라 '시를 쓰는 지게꾼'이 필요하다고 역설한다. 그에게 시작(詩作)은 머리나 심장으로 하는 게 아니라 온몸으로 하는, 즉 지게꾼 자신이 온몸으로 살아내는 현실의 삶을 쓰는 거다.

지금까지의 「야간 미화원」을 읽고 난 후, 주변에서 내게 하는 조언은 저 '김수영'의 의견, 그중에서도 부정적인 의견에 가깝다. 글 쓰는 이의 직업이 미화원이라고 말은 하지만 비평가의 목소리가 크다고 그들은 하나같이 지적한다. 달리 말하자면 미화원이 도무지 미화원답지 않다는 거다. 여기서 미화원다움이 대체 어떤 거냐는 의문이 남지만, 이 문제는 간단히 대답할 성질이 아니니 다음으로 미루는 게 옳겠다.

주지하다시피 김수영은 '포즈'를 극도로 혐오했다. 대놓고 말은 못 해도, 아마 지인들은 내 글이 먹물 든 지식인의 '포즈'라는 불만을 가진 듯하다. 미화원이 못 되면서 미화원인 척하는 '고급 속물', 다시 말해 내 글에 깃들어 있을 자만심과 허위 의식에 대한 혐의가 그들의 속내지 싶고, 그런 염려가 나는 기껍다.

하지만 포즈란, 인위적으로 취하는 몸가짐이나 일정한 태도를 일컫는다. 연예인이 카메라 앞에서 자세를 취하듯, 포즈란 본래의 자기가 아닌 부자연스러운 연출이다. 요컨대 현재 내가 환경미화원으로 일한다고 해서 갑자기 내 내면이 비평가에서 미화원으로 바뀔 리가 만무하다. 그러므로 현재의 나는 구차한 생활의 고단함과 밥벌이의 눈물겨움을 '온몸'으로 감당하고 있는 비평가라는 게 정확한 말일 거다. 비루한 목숨, 굴욕적인 처지의 작가, 파산의 불안을 동력으로 일하는 노동자이기도 하다. 그러므로 이 글에서 비평가가 사라지고 미화원만 드러난다면, 그것이야말로 전형적인 '포즈'이지 않을까?

4.

출근하면서 충격으로 다가왔던 건 동료들의 인상이었다. 지금은 예사로 보이지만, 처음에는 이들의 표정이 어찌나 딱딱하고 침울한지, 진부하나마 '시커먼 어둠'이라는 표현이 어울릴 것 같았다.

서양인들에 비해 얼굴 표정으로 감정을 표현하기 서툰 게 동양인들이라고는 해도, 동료들의 무표정은 그 정도가 심하다. 반장이나 감독이 지시사항을 내리면 이들은 시선을 마주치지 않으려고 아예 고개를 엉뚱한 방향으로 돌리기 일쑤다. 그러면서 길게 늘이며 대답하는 단답형의 "네-에!" 심지어 나는 (조금도 길지 않게) 서술형으로 말하는 바람에 '튀는 여자'로 이들의 눈밖에 벗어난 적도 있다.

한번은 자꾸 지하 1층에 보내기가 미안해진 반장이 해당하는 네 사람한테 가위바위보 게임을 시켰다. 진 사람 둘이서 가라는 말이었다. 그런데 불려 나온 누구도 게임을 하려 들지 않았다. 반장의 유머가 이들에게는 뜬금없었고, 유머에 동참하거나 장난을 치기에 그들은 참을 수 없을 만큼 쑥스러운 모양이었다.

조회를 할 때도 개인적인 의견이나 질문은 자기 앞가림도 제대로 못 하면서 참견하는 오지랖이나 불만의 표시로 받아들여지기 일쑤라 금기에 해당한다. 말이 한두 마디 오간다 싶으면 어이없을 정도로 곧바로 언성이 높아지고, 욕설이 난무한다. 대화가 아니라 감정만 문제 삼는 언쟁이 될 게 빤하니, 생각이 조금이라도 있는 사람이면 말을 얼버무리거나 대답을 회피하게 된다. 묻지도 따지지도 말고, 뭐든 궁금하게 여기지도 말고, 묵묵히 일하다가 퇴근하면 그만이라는 식이다. 체념인지 초탈인지 모를 태도가 이들에게는 뼛속 깊이 배어 있어서, "다른 데 가도 별 뾰족한 수가 없다."라거나, "돈 벌기가 그리 쉽나." 혹은 "절이 싫으면 중이 떠나야지."라는 말을 하도 들어서 나는 귀에 딱지가 앉을 지경이다.

말과 감정은 흡사 못이나 용수철이다. 억누르거나 참을수록 부정적으로 찌르고 느닷없이 튀어나온다. 이들은 앞에서 입을 다무는 대신 뒤에서는 험담으로 시간을 죽인다. 결국 남의 허물을 들추고 헐뜯었다는 행위 그 자체가 또 다른 '비밀'로 돌아다니게 마련이다.

넌지시 일러바친 말이나 털어놓은 불만이 말썽을 일으켜

서 사람들이 싸우고, 떠나고, 반목한다. 반장이나 감독도 성인(聖人)이기는커녕 귀 얇은 사람들인지라, 그들의 마음에 담아두는 말에 따라 상대에 대한 호불호가 나뉜다. 그건 때로 작업을 지시하는 과정이나 방식을 결정하기도 한다. 반장이나 감독이 인력을 플러스로 관리하는 유형이면 좋겠지만, 두 사람은 아쉽게도 마이너스 유형을 선택한 모양이다. 예컨대 분위기를 흐리거나 다루기 힘들다고 여겨지는 누군가가 있으면 속된 표현으로 갈구어서 내보내는 눈치다. 몸을 사리지 않으면 당장 피해가 돌아오니, 사람들은 밥 한 끼 함께 먹는 것조차 쉬쉬한다. 네 편 내 편을 나누고, 말이 말을 만들어내는 건 어디에나 똑같은 한국인들의 고질병 같다. 그걸 여기까지 와서 새삼 확인하고 있다.

5.

일한 지 고작 다섯 달인데, 이러다 어쩌면 고참(古參)이 되지 않을까 싶다. 사람이 들어오고 나가는 일이 그야말로 잦아서다. 청소부를 하려고 들었을 때는 다들 오죽한 형편이었겠으나, 돈은 박한데 일이 힘들다 보니 좀 더 나은 직장은 없을까, 그만때려치울까, 날마다 고민하다 홧김에 실행에 옮긴다. 그만둔 이들 대부분이 그렇다.

일한 햇수가 불어난다고 여느 직장처럼 봉급이 올라가를 않는다. 법으로 정해진 최저임금을 기준으로 계산한 게 봉급의 정확한 액수고, 그것으로 끝이다. 보너스도 없고 휴가는 언 감생심이다. 때문에 이러한 직종의 사람들은 한 달 치 봉급이 퇴직금으로 나오는 일 년이 되기만을 손꼽아 기다린다. 그러다 그 일 년이 지나면 언제든 직장을 나갈 각오가 선다. 이미 마음 이 '뜬' 사람들은 대수롭잖은 일에도 쉽게 사직서를 쓴다. 스무 명 조금 넘는 인원에서 내가 들어오고 나간 선임(先任)들만 벌 써 다섯 명이다. 이번 달이 지나면 또 누군가가 그만둘 터이다. 하루 얼굴을 내밀었다가 손을 내두르며 도망친 사람들은 말할 필요도 없다.

그만둔 이들 중에서 두 사람은 나와 특별히 얽힌 언니들이 다. 한 사람은 신참인 내가 고참만큼이나(?) 일하도록 가르쳤 고, 다른 한 사람은 어딘가 배운 티가 난다는 이유로 나를 대놓 고 미워했다. 변명으로 들리겠지만 평소 내 말투나 행동이 지 적이거나 반듯한 모양과는 거리가 멀어서, 내심 어리둥절했다. 아무튼 지금은 둘 다 어느 종합병원에서 나란히 청소 일을 한 다고 들었다.

사회성이 부족한 탓에 사람들로부터 오해를 자주 받고 소 외도 쉽게 경험한다. 누군가 나를 미워한다고 해서 그를 당장에 미워한다면 내 주위에는 가족과 절친들 외에 아무도 남지 않으 리라. 마음이 넓어서라기보다 상처받지 않으려는 본능적 '거리 두기'로, 나는 그 언니 및 언니와 통하는 몇몇 사람들의 눈총을 애써 모른 척했다. 아무튼 나를 공공연하게 미워한 언니는 시끌

벅적한 사내처럼 활달한 성격이었는데, 그만두기 일주일 전부터는 말수가 줄고 방에서는 전과 달리 누워만 지냈다. ('25'에 나오는 이유로) 등 떠밀리듯 그만두는 바람에 겪는 우울증으로 보여 한편으로는 마음이 짠했다.

에스컬레이터(E/C) 일을 맡아 하다가, '이천 원'이 빚은 선임과의 갈등으로 그만둬버린 천 씨 총각을 제외하고, 나머지 언니들 네 사람은 반장이나 감독의 지나친 '언사'가 발끈하게 된 불씨였다. 살아가는 게 팍팍한 사람들일수록 감정에 죽고 감정에 산다. 역설적이게도 이들은 뭔가를 느끼거나 느끼더라도 제대로 표현할 줄을 모른다. 싸구려 유행가나 막장 드라마, 휴대폰의 '카톡'에 뜨는 음담패설이 이들의 정서와 문화 사이를 매개하는 전부다. 문화적 경험이라기보다 차라리 생리적인 배설 행위에 가깝다. 교양은 분명 후천적이다. 감정 역시 습관적인 면이 있다. 교양과 감정을 다듬고 키우기에 문학만한 예술도 드물다. 나는 내가 아는 문학을 이들과 공유할 수 없음이 가슴 아프고, 오늘날의 문학이 이런 이들을 소외하는 현상이 그저 난감하기만 하다.

6.

이번 달을 마지막으로 직장을 옮기는 G는 딸 하나를 데리고 들어온 조선족 여인이다. 그녀는 나와 동갑이다. 둘이서 지하 1층을 청소하다가 잔소리가 잦은 G에게 성을 낸 적이 있는 나는, 그게 마음에 걸려서 싹싹하게 굴다가 보니 어느새 그녀와 친해졌다. 가만히 뜯어보면 이목구비가 동글동글하고 예쁜 G는, 고생을 많이 한 탓에 나보다 10년은 나이가 들어 보인다는 소리를 듣는다. 그런 G가 내년에 드디어 임대주택에 입주하게 되었다. 딸이 아파트에 살게 되어서 기뻐한다며 환하게 웃던 G. 그녀는 여태껏 극장에 가서 영화를 본 적이 한 번도 없다. 돈이 아깝고 시간도 모자랐다고 했다.

퇴근 후, G와 나는 그녀와 같은 달에 들어온 K 언니를 데리고 예정된 이별을 핑계로 두어 번 음식을 사 먹으러 다녔다. 백화점 맞은편에 있는 24시간 김밥집, 백화점에서 조금 떨어진 곳에 위치한 24시간 국숫집이 그동안 우리가 찾은 식당들이다. 오늘 새벽엔 멋 부리기 좋아하는 H 언니도 동행했다. 가까운 재래시장에는 새벽에 문을 여는 보리밥집이 많다는 말이 나왔다. 보리밥에 구미가 당긴 우리는 당장 그곳으로 몰려갔다. H 언니는 G가 나가는 게 섭섭하다며, 그릇을 채 비우기도 전에 14,000원을 덥석 계산했다. 3,500원짜리 보리비빔밥 한 그릇을 먹고 돌아서는 게 미화원들의 이별 방식이다. G야, 어딜 가든 아프지 말고 잘 살아라!

저기요! 아줌마, 내가 고객이잖아요

1.

백화점의 미화원을 모집하는 광고에는 이런 후크(hook) 문구가 있다. "깨끗한 근무환경"

나도 예외는 아니지만, 처음 이 일을 시작한 사람들은 구인 광고의 문구 중에서도 '깨끗한 근무환경'이란 조건에 낚였다고 고백들을 한다. 아무라도 백화점에 한두 번 다녀보지 않은 사람이 없고 보니, 고객으로 갔을 때의 그 깨끗한 환경을 머릿속에 떠올린 것이다.

하지만 누군가 치우지 않고서야 사람으로 바글거리는 백화점이 깨끗할 리 없다. 그리고 이런 논리대로라면 누군가 ~하기에 다른 누군가가 ~한다는 공식이 성립한다. 이 공식은 그 쓰임에 따라 무한히 긍정적이거나 매우 부정적인 결과를 낳을 것이다. 하필이면 부정적인 예들이 먼저 떠오른다. 흔하고 일상적이어서 더욱 진부한 예들. 맥 빠지고 하나 마나 한 이야기들….

2.

미용사들 눈에는 사람의 헤어스타일이 맨 먼저 들어온다. 지금까지 내가 다녔던 미장원 원장님들의 한결같은 증언이다. 당연한 말이지만 미화원들 눈에는 청소할 곳만 도드라진다. 거기가 어디든, 심지어 청소도구가 있으면 직접 나서서 해주고 싶을 지경이다. 자기가 잘하는 일이니만큼 웬만큼 깨끗한 것은 성에 차지도 않는다.

낡은 집으로 이사를 했던 S 언니가 그런 경우다. 사람을 사서 집을 치우자니 돈이 아까웠던지, 언니의 남편은 둘이서 그냥 청소를 하고 말자더란다. 나가서 돈벌이로 하는 일을 들어와서까지 하기가 싫었던 언니는 버럭 성을 냈고, 결국 파출도우미두 사람을 불렀다고 한다. 다들 눈치챘겠지만 이 언니의 매서운 지휘 아래, 그날 왔던 아줌마들은 아주 혼이 났다는 후문이다.

청소란 좋은 일이다. 주부라면 어질러진 집을 깨끗이 치우고 난 후의 기분이 얼마나 상쾌한가는 설명하지 않아도 안다. 차곡차곡 쟁여진 그릇들로 가지런한 부엌, 뽀드득 소리가 날 정도로 청결한 욕실, 쏟아지는 햇살에 빨래가 말라가는 베란다 등은 우리 의식의 심층에 형성된 '즐거운 나의 집'의 준거이기도 하다.

아이러니하게도 이 주부로서의 본능이 미화원이라는 직업에 그리 도움이 되는 것 같지가 않다. 왜냐하면 직업으로 하는 청소는 '열심히'보다는 '잘'하는 게 중요하기 때문이다. 이를테면 깨끗하게 하는 데도 우선순위가 있다. 고객이 주로 다니는 동선(에스컬레이터 주위)이 먼저이고, 그다음으로 관리자들이 순찰을 돌 때 눈이 갈만한 곳이 신경 써서 청소해야 할 장소다. 꾀부리지 않고 열심히 일하는 미화원과 약간의 꾀를 부리더라도 '잘'하는 미화원이 있다면 이곳에서는 당연히 후자가 되기를 권한다. 그런데도 때로 나나 언니들은 '내 안의 주부'가 말썽을 부려서 반장이나 감독이 보기에 '쓸데없는' 데 힘을 쏟기도 한다. 말을 안 듣는 사람, 고집이 센 사람, 자기식대로 일하는 사람이란 낙인은 그렇게 찍힌다.

3.

매사에, 특히 이 글을 쓸 때면 함정에 빠지지 않으려 노력한다. 반골 성향 쪽으로만 사고가 발달해서 사고가 좁아지는 일, 다양한 관점에서 신중하게 생각하지 못함으로 말미암아 겸손하게 판단하지 못하는 일이 일어날까 나는 두렵다. 섣불리 이분법적인 논리를 취하는 것은 깊이 생각하기를 포기하는 게으른 자세다. 이사야 벌린이 말했다시피 "완전히 상충하는 선한 것"은 얼마든지 존재하며, 대세론에 무조건 반대하는 식의 사고는 대세론에 무조건 따르는 태도만큼이나 비주체적이라는 말을 어디선가 들었다. 생각이 얕고, 성급하게 결론 내림으로써 실수가 잦은 나 같은 사람은 명심할 말이다. 겸손과 공감보다 자부심이 앞설 때 흔히 사람은 완고해지고 단정적인 의견을 취한다. 이 또한 열등감이 자부심으로 표출되기 일쑤인 내가 밑줄 긋고 암기해야 할 말이다.

이를테면 고객(기득권자)/미화원(사회적 약자)이라는 도식을 버리지 못하면, 어린아이를 돌보느라 쩔쩔매는 젊은 고객이 현재 특수한 처지의 사회적 약자라는 사실이 잘 생각나지 않는다. 아이의 기저귀를 갈면서 거울을 온통 더럽히고 있는 '젊은 엄마', 아이 손에 들린 과자부스러기에 무신경한 '젊은 아빠'를 향해 내가 미소 지으려 안간힘을 써야 하는 이유가 거기에 있다.

사실 대부분의 고객들은 상냥하고 예의 바르며, 자신들의 조그만 실수로 미화원들이 힘들어질까 봐 조심스러워한다. 그런 그들은 선량한 시민이자 나의 이웃이기도 하다. 공기가 혼탁한 도심의 백화점에 휴식을 취하러 올 수밖에 없는 그들이 진심으로 안쓰러울 때도 있다. 차이밍량이라는 대만 영화감독의 "왜 바람이 있는데 음악을 들으시나요, 구름이 있는데 영화를 보시나요?"라는 질문에 소설가 백민석이 이렇게 대답하겠노라고 쓴 글을 본 적이 있다. "내가 거대도시에 살고 있고 그 외의 다른 삶은 모르기 때문이지요."

4.

"마지막 술잔은 이미 오래전에 따라졌고, 우리 두 사람을 제외한 마지막 손님들도 사라졌다. 웨이터는 술잔들과 재떨이를 모으고 천 조각으로 탁자를 닦고, 의자를 제자리에 정돈하며, 우리가 나가면 문을 잠그기 위해 입구에 있는 전기 스위치에 손을 대고 기다렸다. 피로감으로 눈빛이 흐릿해진 이 사람이 머리를 약간 옆으로 기울인 채 Good night, gentleman(안녕히 가세요, 신사분들), 이라고 우리에게 말하는 모습은 각별한 존경이나 거의 해방이나 축복의 표시처럼 생각되었다.

—W. G. 제발트, 『아우스터리츠』 중에서

마지막 손님들이 일어서기만을 고대하는 웨이터의 모습에서 '하루치의 피로'를 찾기란 어렵지 않다. 이 대목을 읽다가, 폐점 직후 고객과 부딪힌 일이 문득 생각났다.

영업이 끝나기 직전의 백화점에 머문 경험이 있는 사람이라면 다들 알만한 광경이겠다. 폐점 시간을 알리는 사인은 특정

노래를 배경으로 "오늘도 저희 백화점을 찾아주신…"이라 시작하면서 흘러나오는 인사말이다. 미처 쇼핑을 마치지 못한 고객들이야 아쉬움이 남겠지만, 판매직원들로서는 이 사인만큼 반가운 것도 없다. 이때 판매직원들 모두는 각자가 근무하는 매장 입구에서 부동의 자세를 취한 채 고객들을 눈으로 배웅한다. 고객이 한 명이라도 남아 있으면 자세를 풀 수도, 다른 일을 할 수도 없음은 물론이다.

수십 명의 직원들이 퇴근 시간을 초읽기 하며 목을 빼는 눈치인데 모르쇠로 일관하며 버티는 고객들은 흔하다. 한번은 단아한 미모의 젊은 여자가 수입산 유모차를 멀찌감치 떨어져서 이리저리 뜯어보며, 그것도 직원들의 시선을 한 몸에 모으는 자세로 복도 한가운데 서서, 고객으로서는 '홀로' 5분이 넘도록 남아 있던 적도 있다. 그 여자는 폐점 직후의 '5분'이 직원들한테는 가히 50분과 맞먹고, 만약 스물네 명의 직원이 그 공간 안에 있다면 자기가 스무 시간에 버금가는 지긋지긋함을 그들한테 안겨주었다는 사실을 알고 있었을까? 알았더라도 여자의 행동이 달라졌을 것 같지는 않다. 내가 보기에 그녀는 그러한 고객으로서의 특권을 오히려 느긋하게 즐기는 느낌이었으니 말이다.

고객이 퇴장하기만을 학수고대하는 건 우리 미화원들도 마찬가지다. 치우고 나면 어지르고, 또 치우고 나면 어지르는 무한반복에서 벗어나 드디어 일을 매듭지을 수 있기 때문이다. 그런데 청소가 말끔하게 끝난 고객용 화장실에 뒤늦게 고객이 뛰어 들어온 것이다. 지금이야 미화원으로서의 자세를 숙지한 상태인지라 충분히 참을 수 있겠지만, 당시에는 그러지 못한 게 문제였다. 그렇다고 해도 내가 딱히 인상을 쓰거나 퉁명스레 굴었을 리는 없다. 뒤쪽으로 조금 돌아가서, 청소를 아직 시작하지 않은 후방화장실(직원용 화장실)을 이용하실 수 없겠냐는 말을 조심스레 건넸을 따름이다.

이 일은 결국 급한 볼일을 보고 나서도 분이 덜 풀린 고객이 나에게 한바탕 훈계를 하는 걸로 끝이 났다. 지금도 나는 나를 불러 세운 그 처녀애가 팔짱을 끼고 눈을 내리깔며 "저기요 아줌마, 내가 고객이잖아요."라던 모습이 생생하다. 돈을 쓰는 사람(고객)은 참거나 양보할 필요가 없다는 논리만큼 자본주의의 속성을 천박하게 폭로하기도 어렵다. 인터넷 게시판에 항의하는 따위의 시끄러움이 싫어진 나는 비굴할 정도로 고분고분 사과했는데, 고객한테는 내 쪽에서 무조건 숙이고 드는 게 그때부터 습관이 되다시피 했다. 헤겔 연구자들이 집필한 '헤겔 사전'에 따르면 좁은 의미의 드라마(Schauspiel)는 비극과 희극의 중간에 위치한다. 나는 요즘의 내 삶이 좁은 의미의 드라마 같다고 가끔 생각한다. 이날이 그런 나의 생각을 확증해 준 경우였을 터이다.

5.

　하루를 쉬고 출근하니 내가 맡아서 하는 층에 사고가 났다고 했다. 재발을 방지하려는 목적으로라도 내게 그 이야기를 해줄 만한데, 친하게 지내는 언니가 쉬쉬하면서 귀띔해준 덕분에 간신히 알게 된 정보였다.

　내가 휴무를 하는 날이면 돌아가면서 누군가 그 일을 한다. 이번에 그 누군가가 된 M이 남자고객화장실의 비데를 청소하다 그만 감전 사고를 당했다는 거였다. 어쩌면 내가 당할 사고를 대신 당했다는 생각에 마음이 복잡했다.

　M은 말이나 표정이 어눌해서 남들로부터 약간 모자란 사람 취급을 당하는 이였다. 처음으로 한 조가 되어서 일을 한 날, M은 제대로 알지도 못하는 나에게 자신의 비밀스런 과거를 몽땅 털어놓았다. 선하고 악함, 어리석음과 영악함이 상대적이라고 할 때, M은 그 천성으로 말미암아 누구보다 선하고 어리석을 수밖에 없는 여자였다. 언니들은 툭하면 휴무일을 바꿔 달라며 그녀를 졸랐다. 남들이 출근하기 싫어하는 날 일했으면 하고 바라는 상급자들의 요구에 M은 늘 선선히 응해주었다. "아이구, 착한 M!" "역시 M이 최고야!" M의 희생으로 자기들이 편해질 적이면 그들은 호들갑스럽게 M을 추켜올렸다. 그런 M이었으니, 사고를 당하고도 일을 다 마친 후에야 지하 5층에 있는

미화원들 방으로 내려왔다는 게 하나도 이상하지 않은 일이다. 그때까지도 M의 안색은 새파랗게 질려있었고, 놀란 사람들이 부랴부랴 그녀를 병원으로 데리고 간 모양이었다.

M은 별 이상이 없다는 병원 측의 말에 따라 며칠 후 퇴원했다. 혼자 사는 M의 퇴원을 감독이 도왔고, 하루나 이틀 "푹 쉬고 난" 다음에 출근한다는 감독의 말도 있었다. 그런데 무슨 영문인지 나흘이 지난 오늘까지도 M은 출근을 미루기만 한다. 아니 일부러 미루는 게 아니라 아파서 못하는 것일 수도 있다는 의심이 든다. 의사 말대로 M은 정말 아무런 이상이 없는 걸까? 그녀 심장의 이상 징후는 예전부터 잠복해있던 거고, 이번 감전 사고 탓이 아니라는 말은 뭘까? 우리가 정기검진을 받은 게 불과 한 달 전이다. 기억기로, 적어도 그때까지 M의 심장은 매우 건강했었다.

웃고 있어도 눈물이 난다

1.

미화원이 하는 일, 그중에서도 '일상'은 아무나 해도 상관없고, 언제든 대체 가능한 일에 불과하다. 많은 비정규직 노동자들이 노동에서 소외되는 현상은 이에서 비롯한다. 그걸 생각하노라니 들뢰즈와 가타리의 『천개의 고원』이 생각난다. 책의 12장에서 이 천재적인 철학자들은 「1227년-유목론 또는 전쟁기계」라는 이름으로 유목민적인 기술과 토착민적인 기술을 구별한다. 아래의 글은 들뢰즈와 가타리가 말하는 '기술' 및 그것과 관련한 문제점의 일부를 파편적이나마 쉽게 설명할만한 사례라 여겨진다.

중세 봉건주의가 붕괴를 하였으나, 기계제 대공업이 발전할 정도로 성숙되지 않은, 자본주의 이행시기에는 자본가가 노동자들을 충분히 착취하기가 쉽지 않았다. 당시의 매뉴팩처는 노동과정이 노동자들이 중심이 되기 때문에, 그들의 전통과 관습에 의한 생산방식과 긴 수련 기간에 종속되어 있었다. 따라서 자본가들은 끊임없이 노동자들의 불복종 행위와 싸우지 않으면 안 되었다(Marx, 2002: 496). 당시의 조건은 노동자에게 훨씬 더 유리했고 아동노동도 노동과정에 적합하지 않아 거의 존재하지 않았다(Marx, 2002: 364-5). 따라서 이 시기에는 노동자들이 자본의 질서에 종속되지 않음으로써 자본가들을 경제 관계의 힘만에 의해서는 충분한 양의 잉여노동을 흡수할 수가 없었으며, 폭력을 동반한 국가권력의 도움을 받지 않을 수 없었다(Marx, 2002: 362). 따라서 당시의 노동법은 노동시간을 제한하는 것이 아니라 오히려 늘릴 것을 강제하는 가혹한 법률이었다.

한편, 자본주의가 완전히 성립하면 이러한 경향은 완전히 반대가 된다. 기계제대공장이 보편화되기 시작하고, 숙련노동자가 비숙련노동자로 대체되면서 노동과정에서의 불복종은 타파된다. 개별적인 노동자는 아무런 저항도 하지 못하고 자본에 종속되게 되며, 이제 이들의 생계는 전적으로 고용 여부에 달려 있게 된다. 이제 자본가는 국가 폭력에 의지하지 않더라도 노동자를 착취할 수 있게 되었으며, 무제한적인 노동시간 연장과 아동 및 여성의 고용이 이루어진다.

　　―임덕영, 「한국 자본주의 이행시기의 부랑인 및 부랑인 정책에 대한 고찰 : Marx 이론을 중심으로」, p12.

2.

탄력을 잃은 고무줄처럼 시간이 느리고 길게 늘어지는 느낌이다.

내쳐 잠을 잤는가 싶어서 눈을 뜨면 겨우 두세 시간이 흘렀을 뿐이다. 허리가 아파서 그냥 누운 채로, 머리맡에 있던 책을 들고 접어둔 페이지를 찾아서 뒤적인다. 그러다 팔이 아프면 인터넷에 들어가 북캐스트를 켜서 듣고 싶은 책을 골라 듣는다. 요즘 나는 소설가 김영하의 〈책 읽는 시간〉에 푹 빠져있다. 다른 북캐스트와 달리, 여기는 진행자들끼리 수다를 떨거나 출연자 특유의 느린 말투 등으로 시간을 잡아먹는 일이 없다. 리뷰의 형식을 취하는 척하면서 특정 출판사의 신간을 강요하지도 않는다. 직접 글을 쓰는 소설가여서인지 그는 맛있고 좋은 책, 본문 중에서도 알짜배기 부분만을 골라 읽어주는 재주가 있다.

시간에 쫓기지 않으니 무슨 짓을 하든 느긋하다. 풍성하게 차려진 식탁을 받고서 무얼 먼저 먹을까 행복한 고민에 빠진 느낌이다. 매달 막아나가야 할 보험료나 세금 걱정 따위는 멀찌감치 미뤄둔다. 지금 누릴 수 있는 행복이 있다면 그걸 최대한 누리며 살자. 도대체 만사 걱정 없는 삶이 있기나 한가 말이다.

적어도 일 년은 작정했던 미화원 일을 중도에 그만두었다. 달로는 여섯 달이니 반년을 겨우 채우고 만 거다. 그러니 며칠 전까지만 해도 단거리 경주하듯 살았다. 24시간을 쪼개서 일하고, 수업하고, 책보고, 글 쓰고, (가끔) 살림 살고… 내가 생각하기에도 브레이크가 고장 난 자동차같이 아슬아슬한 생활이었다. 미쳤나? 미쳤구나! 아니야, 넌 해낼 수 있어! 참을 수 없을 만큼 힘들 땐 속으로 그런 주문을 외곤 했었다.

사춘기에 TV로 즐겨본 만화영화가 〈캔디〉다. "괴로워도 슬퍼도 나는 안 울어."로 시작한 캔디의 주제가는 "울면 바보다, 캔디 캔디야!"라면서 끝이 났다. "웃고 있어도 눈물이 난다."는 조용필의 노래 가사와 통하는 그 노래를 주문처럼 들으며 성장했다. 한낱 만화영화의 주제가가 나를 비롯한 우리 세대를 여태도 지배하는 느낌이다.

토끼잠을 자가면서 틈틈이 일하고 책을 읽는 건 오랜 습관이었다. 마흔이 넘어 시작한 공부에 서재 같은 건 엄두를 낼 처지가 아니어서, 아이들이 TV를 보는 옆에서 책 읽고 글을 써서 등단도 했다. 눈치 보지 않고 실컷 책만 읽고 싶어서 한 등단이었다. 책 읽고 글 쓰는 게 직업이 되었으니 소원을 절반은 이룬 셈이다. 경주마는 곁눈질을 못 하도록 눈 옆을 가린다. 누구도 강요한 적 없건만, 나 스스로 경주마처럼 앞만 보고 달렸다. 남들 보기엔 열정적이거나 별났겠고, 나 스스로는 결핍과 부재를 확인하는 연속이었다. 결핍(욕망)에 시달리며 달려가지만, 도착한 곳은 언제나 '여기가 아닌데(부재)'라는 실망.

문화센터의 '키친kitchen 방'에서 나온 쓰레기가 그날따라 너무 무거웠다. 강사가 사용하는 싱크대 양쪽에 놓인 커다란 쓰레기통에는 젖어서 불어 터진 음식물쓰레기가 넘치도록 담겨 있었다. 비닐봉지째 들어 올리니 꿈쩍도 하지 않았다. 혼자 들기가 벅찼지만, 누구라도 하는 일이라니 달리 방법이 없었다. 그날부터 슬슬 아파오기 시작한 허리가 하루하루 심해져서 나중엔 전신에 식은땀이 흐를 정도였다. 병원에 가서 소염진통제 주사를 맞고 물리치료를 받았다. 그때뿐이었다.

며칠 쉬면 낫지 않을까 싶었으나 조퇴는 물론이고 결근도 안 된다는 대답이 돌아왔다. 내가 앓는 소리를 하자 애써 챙겨놓은 휴무일을 바꿔줘야 하는 불똥이 떨어질까, 언니들은 신경이 날카로운 눈치였다. 더군다나 출근자들 수에 따라 작업량이 떨어지니, 아프면서 숫자만 불리는 사람은 자기 몫을 남한테 떠맡기는 꼴이었다. 중간 관리자 입에서 그만두려면 하루빨리 그만두는 게 낫다는 말이 어물쩍 흘러나오기까지 했다. 아무나 해도 상관없고, 언제든 대체가 가능한 노동자로서의 비애를 맛본 며칠이었다.

구차하게 빌고 든다면 며칠이야 사정을 봐줬을 거라고 짐작한다. 하지만 몸이 영판 고장 나는 일과 미화원 수입을 저울질해보니 여기서 접는 게 수였다. 허리에 탈이 나서 책상에 앉지 못하면 어떻게 책을 읽고 글을 쓰나! 상상만 해도 끔찍했다.

사직서를 쓰는 날, 혹시나 싶어서 물어봤지만 근육 계통의 질병은 규정이 애매해서 산재로 인정받기가 여간 까다롭지 않다고 했다. 결국 불가능하다는 소리였다. '산재'라는 말을 꺼내자 사무실 사람들의 표정이 딱딱하게 굳어졌다. 소장은 '건강'이라고 쓴 사직의 이유를 화이트로 지우더니 '개인 사정'이라 고쳐 쓰기를 요구했다. 찜찜했지만 말대로 써주었다. 일련의 과정이 진부한 노동소설의 한 장면 같았다. 노동자들이 속한 사회구조가 하나도 변하지 않았다는 사실이 새삼 놀라웠다.

옮긴 병원에서는 척추의 5번과 6번이 협착했다는 진단을 내렸다. X-ray 촬영한 경비를 합해서 병원비가 6만 원이 넘었다. 허리에 주사를 놓고 약을 처방해주며 일주일 후에 다시 오라고 했다. 쏟아지는 졸음을 물리쳐가며 아득바득 써서 보낸 시집의 해설비가 입금되자마자 뭉텅, 헐려 나갔다. 로또나 사서 긁어봐? 책 좀 읽어서 세상을 배웠다는 인간이, 이런 상황에 마침맞은 농담이라 떠올린 게 고작 그거였다.

3.

백화점을 나서려니, 친한 언니들과 칼국수 한 그릇 나눠 먹을 새도 없이 갑자기 그만두는 게 섭섭했다. 대신에 음료수라도 사람 수대로 사서 놓고 오려고 슈퍼마켓이 있는 지하 1층으로 내려갔다. 출퇴근 시간에 엇갈리면서 낯이 익은 주간 반 언니가 대걸레로 계산대 주위를 닦고 있었다. 작업복을 벗은 모습이 평소와 사뭇 달라 보였던지 언니는 처음 만난 사람처럼 서먹하게 대했다. "언니, 이제 일 그만둬요." 나는 살갑게 손을 잡았다. 언니가 "잘됐네. 아는 척해줘서 고마워요."라며 말을 흐렸다. 처음엔 내가 잘못 들었나 싶었다. 돌아서는데 묘하게 울컥하는 기분이었다. '뭐가 고마운데, 언니?'라는 말을 속으로 삼켰다. 나역시 상황에 따라 아무거나 닥치는 대로 하면서 살아가야 하는 노동자에 불과하다. 하지만 그게 차별과 배제에 상처 입어온 그 언니의 자존감과 무슨 상관이 있으랴.

4.

현재진행형으로 쓰던 이 글의 시제를 그대로 끌고 갈까 망설였다. 하지만 고작 5~6개월의 미화원 경험을 가지고 마치 오래 겪고 있는 사람처럼 써나간다면 그건 속이는 글에 가깝다. 다행스럽게도 내게는 아직 털어놓지 않은 경험이 많고, 이제는 미화원 친구들도 제법 있다. 그들 중 한 사람이 최근, L백화점의 주간으로 옮겼다. 그 친구와 내일 저녁 약속이 있다. 나는 L백화점의 근무환경과 그녀가 이번에 시작한 간병사자격증 공부가 궁금하다. 바라건대 나는 이 글이, 내 모습은 희박해지고 '우리'의 목소리로 가득했으면 좋겠다.

2부

문학의 안팎

가겠소?
―시인 김언희와 화가 김명숙

때로 말할 수 없는 것을 말해야 함은 언어의 숙명이다. 그럼에도 불구하고 기록이나 발화의 형식으로 노출되는 순간, 사라지거나 증발해버리는 것들 앞에서 언어는 속수무책일 수밖에 없다. 시가 현실 언어로부터의 일탈을 끊임없이 추구하거나, 은유와 직유 등의 메타포를 이용해서 더듬거리듯 몇 마디씩 간신히 운을 떼는 이유가 그러하다. 동일성을 거부하는 산문이 어휘와 어휘 사이의 간극을 동원해서 강박적으로 여겨질 만큼 자꾸만 '차이'를 강조하는 행위 역시 마찬가지 맥락이다. 더군다나 후자의 경우, 영구히 고정되는 차이란 있을 수 없다. 구별된 차이 역시 그때마다의 상황 속에서 매번 유동적으로 드러나기 때문이다. 다시 말해, 무언가에 대해 설명하고 보면 '반드시' 어긋나있는 그 무언가를 따라잡으려는 안간힘이 비소로 언어를 언어 되게 한다.

자신의 한계를 인정한다는 점에서 언어란, "모든 크레타 사람들은 거짓말쟁이다."라고 썼던, 그 역시 크레타 인이었던 에피메니데스(Epimenides)의 역설을 되풀이한다. 요컨대 내가 그려놓은 이것이 바로 '그것'이라고 언어가 아무리 소리 높여 강조한들, 언어의 베일 아래에 놓인 '이것'은 어쩐지 불쾌하고 수상쩍은 냄새를 풍긴다. 너무나 실감 나게 그려서 새가 날아와 쪼아 먹을 정도였다는 제욱시스의 '포도'야말로, 포도 고유의 보편성을 띠고 있는 모방에 불과한 것이다. 비근한 예로, 문학이 재현해내는 그럴듯함 역시 불가피한 속임수에서 비롯되지 않던가. 나아가 제 손에 닿는 모든 생명을 죽은 사물로 만들어버리는 마이더스(Midas)의 저주받은 손처럼, 언어는 살아 있는 '진실'을 손에 넣으려고 하나 실상 왜곡되거나 변질되어버린 모종의 무엇, 급기야 싸늘하게 식어버린 진실의 주검을 항상 제 품에 받아 안을 뿐이다. 그러므로 마음에서 마음으로 전해지는 존재의 일들, 그중에서도 가령 한 영혼과 한 영혼의 교감을 말로써 설명해보겠다는 시도는 어리석거나 미친 짓이다. 불가능한 노릇이기에 애초부터 어리석고, 어리석은 줄 알면서도 덤벼들기에 미친 짓이다.

하지만 언어가 달을 재현하는 손이 아니라 달을 가리키는 손가락의 역할을 감당할 때, 언어는 부지불식간에 진실의 문턱에 발을 들여놓는다. 칠흑 같은 어둠 속을 달려온 마른번개처럼, 순식간에 드러났다 사라지고 마는 진실의 입구. 비록 깨닫고 나면 언제나 내부가 아니라 외부이지만, 그렇더라도 이 글은 거기에 가닿으려는 자발성으로 몸이 단다. 이것은 "진정한 예술가이자 예견자, 아름다움을 만들어낼 수 있고 또 실제로 만들어내기도 하는 거룩한 바보(들)"에 관한 얘기고, 무릇 세상의 "거룩한 바보(들)는 주로 자신의 가책, 신성하고 양심적인 자기 양심의 눈이 멀 듯한 형상과 색채 때문에 눈이 부셔 죽"(J. D. 셀린저)기 전, 그(들)를 바라보는 상대의 눈을 먼저 멀게 하기 때문이다.

덧붙이자면, 나와 지인들 몇몇은 김언희와 김명숙, 이 두 사람을 일컬어 '뜨거운 상징'으로 만난 사이라고 불렀다. 모두가 알다시피 '뜨거운 상징'은 작고한 김현 선생이 '팔봉비평문학상' 수상 소감에서 언급했던 어휘다. 그는 스페인 국경을 넘기 전 자살한 벤야민과, 벤야민이 약을 먹었을 때 얼마나 괴로웠을까를 생각하며 같은 양의 아편을 먹었던 쾨슬러의 일화를 예로 들며 이렇게 말한다. "상징은 이런 말이 가능하다면 천평이 정의를 뜻한다는 식의 찬 상징이 아니라 여러 사람의 공감·반발·저항을 일으킨다는 점에서 뜨거운 상징이라고 할 수 있습니다. … 뜨거운 상징은 비슷한 정황이 되풀이될 때마다 새로운 반응을 일으킵니다." 그렇다면 누군가의 예술(인생)이 또 다른 누군가의 예술(인생)을 돌아보게 만드는 '사건'이야말로 과연 '뜨거운 상징'이 아니겠는가. 또한 그것은 "있소 깎아지른 여기서/ 깎아지른 거기까지는// 채 1분이 걸리지/ 않소/ …… 가겠소?"(「……가겠소?」)라는 서늘한 질문이자, 그 질문에 반성적으로 응답하는 뜨거운 행위이기도 할 것이다.

*

　김언희 : 시인을 처음 본 것은 지난 2006년, 지방에 소재한 모 대학교의 '문학포럼'에서였다. 수많은 작가들 중 한 전범(典範)으로 초빙된 그녀에 대해 그때까지 내가 가지고 있던 상식이란, 추악하고 비속한 언어로만 시를 쓰기에 문단에서 그 기괴한 도발성에 주목한다는 정도였다. 언젠가 나는 시인의 초기작들이 실린 『트렁크』와 『말라죽은 앵두나무 아래 잠자는 저 여자』를 집중 조명한 여정 시인의 글(「20010921-20011006 환멸기계와」)을 읽은 적이 있는데, 그녀의 시가 "고기(정형)→똥(비정형)→흙"의 과정을 밟는다는 해석 부분에서 고개를 끄덕인 적이 있다. 하지만 그건 훨씬 훗날의 일이고, 당시의 나로서는 살이 찢기고 문드러지는 듯한, 나아가 역겨운 배설의 이미지를 뒤집어쓴 채 불거지는 그녀의 시어(詩語)들이 가히 충격이었다. 그래서 "잔인하고 당혹스러운 상상력의 공격과 침입"이라는 어느 비평가의 말에 나는 백번 공감한다는 심정이었다.

　때문에 그날, 시인한테서 나는 무슨 말이 쏟아지길 기대했던 것일까? 곱고 나긋나긋한 문학의 목소리에 난자하듯 스크래치를 내고, 역겹고 부담스럽더라도 기존의 문학에 황칠을 하는 신들린 퍼포먼스를 바라지나 않았는지. 하지만 시인이 강연에 앞서 자료로 나누어준 인쇄물의 글들은 자그마한 체구와 단아한 이목구비를 한 그녀만큼이나 단단하고 반듯했다. 순차적이긴 하나 군데군데 이가 빈, 가령 1 → 5 → 34 → 102의 번호순으로 나열된 글들은 다름 아닌 그녀의 독서 목록이자 직접 밑줄 긋기 한 부분을 옮겨 적은 노트였다. "1. 위대함의 두 가지 요건, 유일한 것과 대신할 수 없는 것."이란 '부르크하르트'의 말로 시작된 노트에는, "7. 예술가는 모든 개성, 모든 주관성으로부터 해방되어야 한다. 주관적 예술가는 나쁜 예술가다. 니체는 어떤 장르 어떤 예술에서든 간에 예술가는 주관성을 극복해야 하며, 모든 형태의 개인적 의지와 욕망의 형태에 침묵을 요구했다." 라든가, "28. 칭찬이 영광이 아니고, 비난은 치욕이 아니다."라는 등의 예술적 견해들과 금언들로 가득했다. 그중에서도 시인이 가장 강조하고 싶었던 것은 아마 중국의 노벨상 수상 작가인 '까오싱지엔'의 말이지 싶다. 신랄한 사회고발로 정치적 난민이 되기까지 했던 그의 전언을 옮겨 본다.

　　"나는 문학창작을 자기 구현의 방식 혹은 내 자신의 생활 방식으로 간주한다. 나는 나 자신을 위해 창작할 뿐이고, 다른 사람을 즐겁게 하려 하지도 않으며, 세계 혹은 타인을 개조하려는 시도도 하지 않는다. 왜냐하면 나는 내 자신조차도 변화시키지 못하기 때문이다. 나에게 있어 중요한 것은 단지 내가 말했다는 것, 썼다는 것일 뿐이다."

까오싱지엔의 말을 두고 '문학창작은 나를 위한 유희' 쯤으로 해석하는 건 명백한 오독이다. 문학창작이 '자기 구현의 방식' 혹은 '내 자신의 생활 방식'이라는 데에는, 푸코적 의미에서 스스로의 삶을 미학적이고도 윤리적인 삶으로 살아내려는 실존적 예술 의지가 따라붙기 때문이다. 몸으로 살아내는 문학, 혹은 그런 식의 예술은 삶에 대한 질문을 내려놓거나 삶과 쉽게 타협하지 않는다. 그렇다면 과연? 이쯤에서 우리는 다소 진부한 질문을 던질 수도 있겠다. 과정이나 행위 그 자체가 진정 창작의 전부인가?

요컨대 시인은 이러한 지점에서 김명숙이라는 화가를 예로 들었다. 시인의 말을 요약하자면, 화가의 캔버스는 주로 극장 스크린으로 사용하는 천이나 종이 등의 비영구적 재료다. 캔버스가 비영구적 재질로 되어 있다는 말은, 화가가 자신의 작품이 영구불변한 데는 별로 관심이 없다는 뜻이다. 그림이 구원인 화가는 다만 그림 그리는 행위에 무섭도록 전념할 따름이다. … 아닌 게 아니라 어느 추운 겨울날, 화가가 취한 행동은 기이하고도 감동적이었다. 그녀는 느닷없이 찾아온 방문객을 위해 자기 몸과 정신을 갉아대며 치열하게 그린 그림을 찢어 불쏘시개로 사용해버린다. 그 말을 듣는 순간, 활활 타버린 그림이 지전으로 바꿔치기 되면서 한 줌 재가 되어 내 머릿속을 날아다녔다. 더군다나 작가에게 자신의 창작품이 갖는 의미가 비단 재화로써의 가치뿐이겠는가. 그러니 바로 나 같은 속물에게 시인은, 예술가란 오로지 '창조 행위'에만 집중하는 존재임을 강조하고 싶었던 모양이다.

그런데 보다 인상적인 대목은 비슷한 시기에, 그것도 서로의 작품을 통해 흥분상태에 빠졌던 두 사람의 희한한 만남이었다. 언젠가 시인은 월간《미술세계》에 나온 화가의 그림(〈무제 130×160cm 혼합재료 2005〉)을 오려서 자기 책상맡에 붙여 놓고, 거기서 받은 영감으로 시를 쓴 적이 있다고 한다. 두려움을 자아낼 만큼 어둡고 비장한 시선의 인물상. 비록 그림에 초연한 사람이라 할지라도, 그 인물상은 바라보는 이의 마음을 묘하게 사로잡는다. 원본이 아니라 얇은 단면의 종이에 인쇄된 복사본 앞에서, 그러므로 시인은 '가슴이 찢어질 것 같은 경험을 했다.'고 술회한다.

"하루는 제 시를 자기 전시회 포스터에 실어도 되겠냐며 모르는 사람한테서 전화가 걸려 왔습니다. 벼락처럼 이이가 김명숙 씨구나 싶더군요…"

강연에 최선을 다한 시인께는 미안한 말이지만 문학포럼이 끝난 후, 나와 지인들은 흡사 성이라도 난 사람들처럼 서먹하게 흩어지고 말았다. 의례적으로 떠들썩하게 몰려가곤 하던 뒤풀이 자리도 대부분 마다하고였다. 왜 그랬을까? 한마디로 그녀의 예술론을 듣고 난 우리들은 부끄럽고도 먹먹했는데, 그것은 황홀함과 고통스러움이 묘하게 뒤범벅된 감정이었다. 그래서 우리는 마치 사랑에 빠진 처녀가 연인의 편지를 남몰래 읽기 위해 구석진 데로 숨어들듯, 문학에 대한 열정을 끌어안은 채 각자의 골방을 향해 황황히 돌아갔다. 모두들 까맣게 멀어져 간 '문학의 진정성'을 새삼스레 그리워했는지도 모르겠다. 7년을 훌쩍 넘긴, 오래전의 기억이다.

김명숙 : 두 사람에 관해 글을 쓰겠다는 내 전화를, 그녀는 김언희 시인이 직접 쓴다는 소리로 잘못 알아들은 눈치였다. "제가 너무나 존경하는 그분께서 하신다면야…"라는 조심스러운 응답에는, 상대를 '존경'한다고 할 때에 느껴질 법한 치레나 과장의 기미가 전혀 없었다. "인후를 비집고 나오는 저음의 파열적인 음성"이라고, 박영택 미술평론가는 『예술가로 산다는 것』에서 김명숙 화가의 목소리를 표현한 적이 있다. 아주 적절한 표현이라고 나는 생각한다. 그리고 여타의 목소리를 수없이 접한 내 경험에 의하면, 그것은 자신에게는 가혹하리만치 엄격하나, 타인에게는 한없이 부드럽고 연약한 자가 밀어낼 만한 소리였다. 아무튼 당신들 얘기를 시인이 아니라 내가 풀어낼 예정이라고 곧바로 정정할 용기가 모자랐던 나는, 덕분에 한참 동안 그녀의 말에 귀 기울일 수 있었다. 때로 어떤 말들은 수신자에게 닿아 박명처럼 스미거나 물처럼 고인다. 그리고 나는 기꺼이 그것들을 채록했다.

김언희 시인의 시집(『뜻밖의 대답』)을 발견한 날, 화가는 전시회를 준비한 후의 허탈감으로 작업에 잠시 손을 놓은 상태였다고 한다. "나를 죽이지 못하는 것은 오히려 나를 강하게 한다."라는 니체의 명언을 그녀는 평소 좋아했던가 보다. 그러한 니체의 글에서 얻은 힘으로 그 몇 년간 버틸 수 있었노라고 화가는 말했다. 세상에, 몇 년씩이라니! 헌데 그즈음의 화가는 더 이상 니체의 글이 예전처럼 읽어지지 않는 자신이 무척 슬프더라고…. 그러다 들른 도서관에서, 그녀는 피에르 클로소프스키가 쓴 『니체와 악순환』이라는 책과 시인의 시집을 운명처럼 —그렇다, 그녀는 '운명'이라는 말을 사용했다— 손에 넣은 것이다. 자신의 사랑을 남들 앞에 대놓고 자랑하는 사람처럼, 이 대목에 이르러 그녀의 목소리는 기쁨으로 떨리기까지 했다. 이 세상의 모든 좋은 책은 '익명의 단독자'를 향한 것이며, 책을 통한 저자와 독자의 만남이야말로 영혼과 영혼의 'Encounter'가 아니겠냐는 말도 한 것 같다. 중간중간 느리게 숨을 고르는, 생각하기와 말하기가 맞물리며 이어지는 그녀의 말투에는, 오랜 시간 고립무원의 생활로 말미암아 의사소통에 능하지 못한 사람 특유의 어눌함이 묻어났다. 무엇보다 화가는 '시지프스의 연구'란 주제로 그려낸 인물상 연작들, 즉 그녀의 인물상들에서 공통적으로 드러나는 진지함을 갖추고 있었다.

사실 화가와 통화하기에 앞서, 나는 김명숙이란 화가를 이해한다는 차원에서 그녀의 그림들을 인터넷으로 먼저 살펴본 터였다. 1988년의 개인전을 시작으로, 그동안 크고 작은 개인전과 기획전을 숱하게 치른 이력치고 화가에 대한 정보는 희귀

할 정도였다. 다시 『예술가로 산다는 것』을 인용하자면, 책은 세상 밖으로 나오지 않고 칩거한 채 오로지 그림만 그리는 그녀에 관해 "이 시간과 공간이 이 세계의 끝이다. … 마치 '단식 광대'처럼."이라고 묘사한다. '숨어 사는 예술가들의 작업실 기행'이란 책의 부제가 비로소 실감 났다. 어쨌든 회화에 깜깜한 내가 보기에도, 연필과 콘테와 오일스틱으로 온통 덧칠하거나 긁어내는 방식에서 최근에는 누런 종이 위에 철수세미로 문지르며 그림을 그리는 그녀의 작업은 거친 노동에 가까웠다. 특히 밀레의 〈키질하는 사람〉(1847~1848년경)을 모사한 〈The Works for Millet〉라는 연작에서도 알 수 있듯이, 화가는 "노동은 나의 강령이다."라고 했던 밀레의 바로 그 '강령'을 직접 실천하는 듯싶었다. 또한 모사를 통해 대상을 역 추적하는 작업이 시지프스의 노동이 상징하는 의미에 관한 성찰을 의미한다면, '아폴로 공부' '모네 공부' '밀레 공부'라는 일련의 타이틀이 붙은 그녀의 연구 작업들은 'work(일, 노동)=work(공부)'에 가까웠다. 그녀가 2009년경, 자신의 작업을 놓고 도록의 말미에서, "산막리에서의 일들을 정리하며 'The Works for Workers'라고 부를까 한다."라고 명명했던 이유가 그래서일 것이다. 때문에 내가 그녀에게서 '노동자'와 '수도자'가 하나로 일치된, 땀과 피와 경건의 표정을 발견한 것은 결코 우연이 아니다:

상투적이게도, 당신은 김언희 시인의 작품 어느 부분에서 그토록 뜨거운 '부딪힘Encounter'을 경험했습니까, 란 내 질문에 그녀는 이렇게 대답했다. "제 안의 시인이 썼음직한 시편들이었습니다."

화가의 도록에 인용된 김언희 시인의 시 세 편을 다시 읽어본다. 「모과」와 「……가겠소?」와 「침수된 축사였네」. 이제껏 우리가 알기로 시인의 시편들 중 이토록 참혹하리만치 아름다운 시가 있었던가? 그녀의 시집을 펼쳐놓고서 고작 생식기에 관련한 이미지만을 찾아 읽으며 우리가 내심 당황하고 있을 때, 다른 누군가는 시인의 시에 내재한 본질을 발견하고서 그 영적이고 정신적인 차원에 자신을 깊숙이 들이밀었던 것이다.

*

자신들의 이야기를 활자화해도 되겠냐는 내 간청에, 두 사람은 한동안 침묵했다. 그러다 결국 응답하고 만 것은 시인이나 화가 모두 남에게 무심하거나 야멸차지 못한 탓이리라. 그러나 두 사람 다 말을 극도로 아꼈는데, "이미 시간이 상당히 흘렀고, 제 입으로 얘기한들 그것이 진실에 얼마나 가깝겠습니까?"라던 김언희 시인의 말은 맞는 말이다. 그녀는 나중에 김명숙 화가에게 쓴, 「더불어–畏友 K에게」가 실린 자신의 시집(『요즘 우울하십니까?』)과 화가의 도록들을 내게 부쳐옴으로써 답을 대신했다. 그리고 김명숙 화가는 짧은 메일을 보내왔다. 아래에 그녀가 보내온 편지를 허락도 없이 싣는다. 결론적으로, 그녀들이 옳았다. 써지거나 말해지는 모든 것은 허위에 불과하다. 그러므로 이 글은 그녀들에 대한 내 개인적인 단상(短想), 혹은 우연히 손에 들어온 낯선 사진 한 장을 설명하는 일이다.

"제 작업실 세면대에서 손을 씻을 때마다, 세면대 거울에 붙여둔 몇 년 전 신문 기사 사진을 본답니다. 러시아의 어떤 여성 과학자가 북극의 바다에 알몸으로 잠수해서 10여 분 가까이 돌고래와 수영을 하면서 교감을 나누었다는 기사와 함께 실린 사진인데, 제가 자꾸 드는 생각은, 그 여성의 돌고래와의 경험은 그것이 신문을 통해 세상에 알려짐으로 해서 비로소 완성되는 것일까, 돌고래와의 그 아름다운 조우는 그녀가 돌고래라는 경이로운 자연에 바치는 헌신의 몸짓이었을까. 저는 점점 더 깊이 그 돌고래를 따라 내려가고 싶을 뿐입니다." 2013년 3월 23일, 김명숙.

꼭두 조각가와 숯검정이 여자, 위로를 말하다
—시인 박정남과 꼭두조각가 김성수

한 달은 뱀처럼 온순하다.라는 어느 시인의 말은 새빨간 거짓말이다. 적어도 날씨에 한해서만큼은 그렇다. 다가드는 봄의 예감을 거칠게 밀쳐내듯 기습한파가 심술을 부리던 1월의 어느 날 저녁, '꼭두 작가'로 유명한 김성수 조각가와 『숯검정이 여자』로 일찍이 필명을 떨친 박정남 시인을 만났다. 서둘러 변명부터 하자면, 나는 그들의 말을 그대로 내 노트에 옮겨 적기 위해 애썼다. 그러나 '그대로'라니… 상대의 말을 제대로 이해하고 전달한다는 그 뉘앙스가 실로 민망하다.

필자: 선생님들, 안녕하세요? 먼저 오늘 초대에 응해주신 것을 계간 『시와반시』의 모든 식구들을 대신하여 감사드립니다. 박정남 선생님은 그 특유의 여성적 글쓰기로써 "병들고, 부패하고, 도구화된" 여자들의 성(『숯검정이 여자』)에 대한 상상력을 펼치거나 혹은 "핍박받는 여성들의 영혼을 은유"(『명자』)

한다는 평가를 주로 받아오셨습니다. 그런데 김성수 선생님은 최근 들어 '한국인들의 문화적 정체성' 및 '미학적 추'에 대한 관심이 높아지면서부터 "삶과 죽음의 매개자"인 '꼭두'의 창작자로서 부쩍 주목받는 느낌입니다. 특히 김성수 선생님 경우는 조선시대 민초들의 삶과 죽음을 가감 없이 보여주는 꼭두에서 작품의 모티프가 시작된 만큼, 우리의 전통문화를 현대적으로 재해석한다는 점에서 우선 작업의 의의가 크다고 하겠습니다. 제가 알기로는 성주에 위치한 김성수 선생님의 작업실을 박정남 선생님께서 언젠가 방문한 적이 있고, 거기서 받은 영감으로 쓴 시가 「김성수의 꼭두」입니다. 해서 두 분께서 이미 구면이시니 저는 질문거리랍시고 별다른 준비 없이 편한 마음으로 이 자리에 나왔습니다. 다소 얌체 같지만, 두 분께서 격식 없이 편하게 담소를 나누시면 저는 옆에서 미소나 짓고 있다가 이야기를 주섬주섬 주워 담아보겠다는 불가능한 소망을 품고 왔지요 (웃음). 그런데 초면에 실례되는 말씀인지는 모르겠으나, 김성수 선생님은 왜소한 체형이나 소탈한 인상 등이 직접 만드신 꼭두들과 흡사한 것 같습니다. 저는 선생님의 작품들이 가볍고 따뜻하면서도 다채로운 인간군상의 표정을 짓고 있다고 느꼈는데요, 평범하고 일상적인 모습이지만 묘하게 환상적이기도 했습니다. 하지만 어떤 면에서 작품은 결국 작가의 표정을 닮아있겠지요? 아프고 불행한 어린 시절을 보냈다고 들었습니다마는.

김성수: 모든 예술작품들이 그러하겠지만, 조각 작품 역시 그 속에는 작가가 경험한 감정의 격동이라든가 삶의 질곡이 스며있겠지요. 저는 폐결핵과 결핵성 골수염을 동시에 앓느라 어릴 적엔 방에서 누워만 지냈고, 어느 정도 낫고 난 뒤에도 목발을 짚고 다닐 처지라 다른 애들처럼 맘껏 뛰어놀 수가 없었습니다. 집안 어른들이 무속에 많이 의지한 터라, 그 과정에서도 병원 치료보다는 먼저 굿을 하고 치성을 드리곤 했었습니다. 굿을 할 때면 초저녁부터 새벽까지 잠도 안 재운 채 꼬박 엎드려서 빌라고 하거든요. 안 그래도 아픈 몸이 얼마나 고통스러웠겠습니까. 어린 마음에도, 차라리 죽는 게 더 낫겠다는 극단적인 생각을 했더랬지요. 결국 침 맞고 굿하느라 때를 놓쳐 고관절이 무섭게 썩어들자 병원에 입원을 하게 되고, 장장 13시간에 걸쳐 수술을 받았습니다. 수술 후, 아파서 비명을 지르면 간호사들이 달려와 아마 모르핀을 주사했던 것 같습니다. 주사를 맞고 나면 고통이 사라지는 대신 하늘이 노랗고, 그야말로 눈앞에서 별이 반짝거렸지요.

꼭두는 그렇게 내게로 왔다

필자: 어린 나이에 많이 힘드셨겠습니다. 선생님을 놓고 쓴 박정남 선생님의 작품을 읽으면 할머니더러 "내 병 다 가지고 가"라며 애원하는 장면이 있는데요, 그렇다면 그것은 당시

의 상황을 사실 그대로 묘사한 거겠네요. 그리고 또한 시에는 "녹의홍상을 곱게 입은 꼭두는/ 그렇게 내게로 왔다/ 죽은 할머니가 보내주셨다"라는 구절이 나오기도 합니다. 이건 또 무슨 이야기인지요?

박정남: 김성수 선생님에 대해 제가 어느 정도 알고 있었고, 또 제게도 그 비슷한 경험이 있었기에 그런 일화들이 부쩍 제 관심을 끌었는지도 모르겠어요. 요컨대 제 시 「간절함이 묻어있다」에 이런 장면이 나옵니다. "나는 할머니가 우리 가족들을 위해,/ 특히 나를 위해 하얀 소제 종이를 태우며, 두 손 모으고, 두 손을 싹싹 빌며, 떠받들며,/ 빌어주는 것이 참 좋았다"라는 대목이 그 부분이지요. 아울러 제가 선생님의 작업실을 찾아갔을 때, 한쪽 구석에 뭔가를 껴안고 웅크리고 앉은 진흙 덩어리 같은 조각상이 눈에 띄었거든요. 자식에 대한 사랑으로 까맣게 타버린 어머니의 몸이란 것을 직감할 수 있었지요. 사실 우리네 할머니나 어머니들은 후손을 위해 늘 간절히 빌어주는 존재들입니다. 선생님을 놓고 쓴 제 시는 바로 그런 데서부터 출발했습니다. 같은 시 안에서 주체가 자꾸 바뀌는 문제를 누가 거론하던데요, 그것은 현재의 조각가를 바라보는 시선과 어린 김성수를 바라보는 시선을 각각 다루었기 때문입니다.

김성수: 선생님 말씀이 맞습니다. 그분들이야말로 어떤 의

미에서는 한계를 가진 인간이면서도 영적인 세계를 잇는 매개자들이기도 하지요. 제가 여덟 살 때 일입니다. 어머니께서 저더러 임종 자리에 누운 할머니한테 빌라고 시키신 적이 있습니다. 저세상으로 가는 길, 사랑하는 손자 녀석의 병까지 당신이 모조리 가져갔으면 하는 바람이었겠지요. 아픈 내 헌 다리 가져가고 건강한 새 다리 달라며 할머니를 붙들고 펑펑 운 기억이 납니다. 그러다 나중에 할머니 상여가 나가는데 상여에 꽂혀 있는 '꼭두'를 봤어요. 아시다시피 꼭두에는 네 종류가 있잖습니까. 관복을 입은 관원과 농악을 연주하는 악사, 그리고 호위병인 무사와 꽃을 든 위로자가 있지요. 할머니의 죽음 자체는 무섭고 두려웠지만, 꼭두가 망자를 잘 지켜줄 것이라는 막연한 믿음이 생기더군요.

필자: 섣부른 판단인지는 모르겠으나, 꼭두에서 우리 민족 고유의 인간적이고도 해학적인 정서가 엿보이는군요. 그렇다면 할머니의 장례 의식을 계기로 꼭두가 선생님 작품의 모티프로 자리 잡은 건가요?

김성수: 그전에 한 번 더 그런 경험이 있었습니다. 제 고향이 경북 성주군에 있는 속칭 세록골인데요, 거기서는 거부巨富라고 할 수 있었던 한 집안에서 어마어마한 규모의 장례를 치른 적이 있습니다. 서민이었던 우리 할머니의 초라한 상여와는

비교가 안 될 만큼 크고 화려한 이층 상여가 나가고, 조문객들만 해도 어림잡아 천여 명에 이르렀으니까요. 상여를 멘 상여꾼들이 백 미터쯤 걷다가 서기를 반복하는 게… 의례가 사뭇 장엄했지요. 상여에 꽂힌 깃발이나 꼭두의 숫자도 당연히 헤아릴 수 없이 많았고요. 아주 인상적이었습니다. 그와 같은 죽음의 의례로부터 영향을 받아서일까요? 저는 제 작품에 위로의 느낌이나 경건함이 깃들게 하려고 노력하는 편입니다.

필자: 두 분을 뵙기 며칠 전, 공교롭게도 저는 보이체크 하스 감독의 「모래시계 요양원」이란 영화를 봤는데요, 공교롭다는 이유는 영화의 내용이 '저승길'에 대한 메타포로 이루어져 있어서입니다. 필시 망자들의 안내자였을, 기차 역무원의 수상한 태도라든가 음산한 말투가 아직도 생생합니다. 하이데거가 자신이 있음을 의식하는 유일한 주체로서의 존재자를 일러 '현존재(Dasein)'라고 했고, 그 현존재는 자신이 있음을 의식하는 대가로 자신의 죽음을 의식한다고 했습니다마는, 사실 그런 철학적 의미와는 별개로 죽음은 우리의 일상으로부터 점점 은폐되거나 억압된 지 오래이지 않습니까? 그것은 우리가 질병이나 죽음을 미와 반대되는 의미에서의 추로 인식한다는 엄연한 증거이기도 하고요. 해서인지 이승과 저승의 매개자인 꼭두와 그 모티프에서 비롯된 선생님의 작업이 새삼 따뜻하게 다가옵니다. 인간만이 죽음을 자각한다는 맥락에서, 박정남 선생님께

서는 일찍이 『숯검정이 여자』에서 '성性'을 죽음 본능에 저항하는 인간 고유의 충동으로 보고 천착하신 적이 있으시지요. 그런데 초기의 작품 세계와 최근의 작품 세계를 비교해봤을 때, 똑같은 '여성적 글쓰기'라도 추구하는 면에서 거리가 상당한 것 같습니다.

제사장 역할은 모든 어미들의 삶

박정남: 젠더적인 면에 초점을 맞추었던 시각이 모성 쪽으로 많이 기울었다는 말씀으로 이해합니다. 작가를 구성하는 삶의 조건들과 자연스럽게 겹치기도 하는 것이 곧 작품이니까요. 아닌 게 아니라 김성수 선생님의 작업을 지켜보면서도 저는 거기서 고통받는 자들을 위로하는 '제사장'으로서의 작가를 발견했고, 그 제사장적 역할은 곧 모든 어미들의 삶과 만난다는 생각을 했습니다. 제 시 속에서 유독 흰색이 도드라지는 이유도 그래서입니다. 조개껍질을 빻아 만든 분으로 칠한 꼭두의 얼굴이 하얗기도 해서지만, 영적인 세계를 내다볼 수 있는 존재의 상징적인 색이 흰색이기도 하니까요. 저는 꼭두에게 색색의 화사한 분을 발라주는 행위를 치유는 물론이려니와 희망과 재생을 기원하는 의미로 받아들였습니다. 그런 점에서 어리고 아픈 김성수에게 분을 발라주는 어머니의 손길과 꼭두에 단청보다 화사한 색을 입히는 김성수 작가의 손길은 다르지 않습니다. 물

론 제 시 속에서 김성수 선생님의 어머니와 관련한 삽화는 실제의 재현이 아니라 우의적 상상에 불과합니다. 다시 제사장의 얘기로 돌아가자면, 세간에는 무병을 혹독하게 앓아야만 훌륭한 무당(제사장)이 될 수 있다는 말이 있습니다. 김성수 선생님이 앓았던 병이 제사장이 되기 위한 통과의례였고, 진부한 말이겠으나 저는 그러한 고통과 상처에서 나온 힘이 꼭두를 진정한 예술작품으로 만드는 토대가 되었다고 봅니다.

김성수: 제 밑바닥까지 훤하게 관통당한 기분입니다(웃음). 사실 저는 때때로 동화적이고 유토피아적인 세계를 구현하고자 노력하는데요, 그것은 아프고 상처받은 존재들에 대한 저 나름의 위로를 표현하는 방식입니다. 가령 제 작품에는 새나 로켓처럼 비상(飛上)을 실현시키는 것들이 부분으로 자주 등장합니다. 그리고 그러한 작업의 일차적인 목적은 원재료인 나무에게 날개를 달아준다는 데 의미를 두고 있습니다.

필자: 고통당하고 상처받은 존재로서의 나무 말인가요?

아름다움은 비틀어짐에서 나오거든요

김성수: 제가 작품의 재료를 구하는 방식을 아신다면 이해할 수 있을 겁니다. 저는 재료를 취할 때 가급적이면 오늘처럼

추운 겨울에, 그것도 남쪽보다는 북쪽 산에서 자란 나무를 선호합니다. 북쪽에 있는 산에서도 기왕이면 좀 더 가파른 곳에서 자란 나무가 좋습니다. 그런 데서 자란 나무들은 빛을 제대로 쬐지 못해서 한 마디로 못 먹고 못 자란 놈들이 많습니다. 그렇다 보니 병을 앓아서 비틀어지며 자란 것들이 대부분이지요. 그런데 나무의 아름다움은 바로 그 비틀어짐에서 나오거든요. 겨울나무란 물을 먹지 않아서 단단하다는 이점도 분명히 있지만, 좋은 작품이 될 나무는 희한하게도 그런 척박한 땅과 혹독한 추위 속에서 발견되곤 합니다. 재료 속에 작품의 형상이 이미 들어있다고나 할까요. 그러니 그렇게 비틀린 놈들로 조각을 하면서 되도록이면 가지를 치지 않고 나무가 가지고 있는 본래의 형태를 유지해주려고 하거나 날개를 달아주는 것은, 힘겹게 살아온 나무에 대한 제 식의 위로이자 보상인 셈이지요.

　필자: 조각하고 싶은 대상이나 이미지가 선생님 머릿속에 미리 존재할라치면 나무와 일종의 타협이 필요할 것 같은데요(웃음). 아무튼 여기서 조금 정리하자면, 김성수 선생님의 작품 세계에서 엿보이는 제사상적 치유와 위로가 박정남 선생님의 모성적 세계와 만나 공명을 일으켰다고도 얘기할 수 있겠습니다. 아픈 것들에 대한 치유와 위로는 모성의 영원한 주제니까요. 하지만 모성처럼 어둡고 원초적인 본능도 없는 것 같아요. 예로써 저는 예전에 박정남 선생님의 시 「냉이꽃」((손바닥

시집)『옷고름』)을 읽고서 지극한 모성이야말로 비정하고 악착스러운 얼굴을 하고 있다는 사실에 진저리를 친 적이 있습니다. 시를 산문으로 풀어서 들려드리자면, 나물을 캐던 화자가 꽃대에 심이 생기고 열매를 맺기 시작하는 냉이를 보며 "그래 너는 어미야, 잡아먹히면 안 되는 어미야"라고 중얼거려요. 그런데 정작 화자는 자기의 아이에게 냉잇국을 끓여주기 위해 어린 냉이를 찾아 논두렁을 헤매거든요. 서로의 보편성은 유보한 채, 어미인 '너'의 정체성을 드러내는 것은 기실 어미인 '나'의 정체성을 강조하기 위한 명분에 다름 아닙니다. 이처럼 박정남 선생님의 시는 얼핏 보면 소박한 문장들 같지만 종종 무서운 진실이나 역설을 내포하고 있더군요. 한편으로, 선생님은 시로써 다양한 방면의 예술가들을 꾸준히 해석하거나 탐구해오고 있습니다. 비교적 최근 작품집인 『명자』에서만 해도 '먼로' '달리' '이중섭' '강수진' '권정생' '바네샤 비크로프터' 등이 다루어지고, 그들 이름이 작품의 제목으로 차용된 경우가 흔하더군요. 그중에서도 전반적으로는 미술 쪽이 눈에 많이 띄던데, 원래 회화나 조각에 관심이 크셨는지요?

박정남: 한때는 그림을 배우러 뻔질나게 서울 나들이를 한 적도 있습니다, 재주가 부족해서 중도에 그만두고 말았지만요. 그래도 좋은 작품이나 전시회는 지금도 자꾸만 눈에 들어와요. 김성수 선생님의 작업실을 구경하기 전에 저는 2011년, 동숭아

트센터 꼭두박물관에서 했던 기획전시를 먼저 관람한 적이 있습니다. 인형에 얽힌 추억은 누구라도 있게 마련이잖아요. 제가 어렸을 땐 동무들과 각시풀을 엮어서 인형놀이를 하곤 했지요. 그렇게 만든 인형을 풀각시라 부른다는 건 다들 아실 테고요. 그런데 다 같은 인형이라도 나무를 갖고 만들면 어른들이 못 하게 말렸어요. 꼭두에서 짐작되듯이, 나무 인형은 죽음을 연상시키는 면이 있어서였을 겁니다. 하지만 앞서도 잠깐 얘기가 나왔다시피, 삶에서 죽음을 배제하는 건 정말 안타까운 노릇입니다. 예전에 우리는 객사를 얼마나 꺼렸나요. 그런데 요즘은 으레 병원으로 가서 죽음을 맞고 거기서 장례까지 치릅니다. 모두가 객사를 하는 거나 마찬가지지요. 이야기가 딴 길로 새는데… 그날의 전시 형태가 다이나믹해서 놀랐던 기억이 납니다. 꼭두들을 단순히 진열해놓은 게 아니라 조각작품 설치 자체가 굉장히 드라마틱했거든요. 예를 들자면 한 무리의 꼭두가 있으면 그 무리를 이끄는 꼭두가 나오고, 또 그 뒤편 어딘가에는 그들 전체를 바라보는 꼭두가 우뚝 서 있는 거예요. 공중에는 양복을 입은 샐러리맨과 꽃을 든 여자가 새나 로켓을 타고 하늘을 날고요. 화사한 색상과 더불어 현실감과 속도감이 가히 환상적이었지요.

김성수: 박정남 선생님께서는 본인보다 제 쪽으로 조명을 비추게 해주시려고 애쓰시는 것 같습니다(웃음), 감사합니다.

선생님 보시기에 제 전시가 역동적이었다면 그건 아마도 제가 자코메티의 삶과 그의 예술적 철학에 심히 경도(傾度)된 때문일 겁니다. 전 남들 앞에서 제 창작의 동력을 논할 때, 개인사에서 비롯된 고통의 힘이 절반이고 그 나머지는 오로지 자코메티적 상상력이라고 이야기합니다.

자코메티와의 운명적 맞닥뜨림

박정남: 그러고 보면 우선 인체의 형상이 가늘고 길다는 점에서 자코메티의 작품과 김성수 선생님의 꼭두는 닮았네요.

김성수: 아시다시피 자코메티의 나무젓가락처럼 바싹 마른 인체상은 인간의 실존을 응축한 거라고들 합니다. 그런데 저는 자코메티의 삶에 관심을 두다가 마침내 그의 개인적 철학과 맞닥뜨린 케이스입니다. 첫 번째, 저는 그의 성장 배경에 끌렸습니다. 그는 스위스에서도 측백나무로 둘러싸인 산림지대 출신입니다. 생각해보세요, 스위스가 얼마나 추운 나라입니까. 겨울에 눈이라도 쌓이면 사방 천지에 깡마른 나무만 서있었을 테지요. 그런 자연환경 속에서 자란 사람이 2차 세계대전의 참상을 경험하고, 그것도 모자라 훗날 교통사고까지 당해서 불구가 되었어요. 무엇보다 그런 그의 신체적 결함에 제가 동병상련의 감정을 느낀 것은 당연합니다. 그렇지 않아도 자기중심적이었

던 자코메티는 더욱더 고립적인 성격으로 변했겠죠. 그가 심리적이면서도 관념적인 공간에 집중함으로써 추상적이고 환상적인 일련의 오브제를 얻게 된 것은 그 자신의 소외가 주된 원인이었을 거라고 저는 생각해요. 소외가 응결된 형태로 드러난 것이 바로 '왜소함'이었을 거고요. 부연하자면, 그의 작업은 철저히 '상대성'을 추구했습니다. 조각을 감상하는 포인트 가운데 하나가 조각이 만들어낸 인공적 공간을 이해하는 겁니다. 자코메티야말로 단순한 형상의 창조자에서 공간의 창조자로 진화한 조각가라고 할 수 있지요. 그리고 저 역시 조각을 통해 공간을 창조하고 공간에 생명을 불어넣는 작업을 하려고 최선을 다합니다. 처음엔 자코메티의 인생에 공감하다가, 급기야 그가 가진 철학적 깊이에 흠뻑 매료돼버린 거지요.

소중한 나를 재발견하다

박정남: 예술가는 시대의 고통을 개인적인 고통으로 받아들여 앓는 민감한 마음의 소유자라는 말이 있지만, 그 반대의 경우도 있다고 봅니다. 제 얘기를 하자면, 저는 지천명의 나이에 교직을 명예퇴직하고 집안에 들어앉았습니다. 그때 딸들이 둘 다 서울에서 대학을 다니고 있었지요. 그 애들 뒤치다꺼리하느라 서울을 오르락내리락하다가 몸에 병이 왔어요. 슬픔도 습관처럼 길이 들더군요. 어느 날, 절에서 기도를 하는데 그 기도

속에 정작 가정의 중심인 제가 늘 빠져있었다는 걸 깨달았습니다. 예전, 어린 나를 위해 기도해주던 할머니도 떠오르고… '소중한 나'를 재발견했다고나 할까요. 나를 위한 기도가 시작되면서 온갖 세상 걱정과 함께 쓸데없이 껴안고 살던 가족들도 제자리로 돌려놓게 되더군요. 그러면서 서서히 제 몸이 치유되는 걸 느꼈습니다. 김성수 선생님의 작업에 제가 주목하는 이유는 꼭두를 통해 잃어버린 유토피아나 원초적 고향을 느낄 수 있어서입니다. 또한 지치고 피곤할 수밖에 없는 일상적인 삶이 잘못되지 않았다는 위로가 꼭두 시리즈에는 있어요. 개인적으로는 제 졸시 「진달래꽃」이나 「포옹」 등에 들어있는 이미지와 접점을 이루는 세계를 만났기에 무척 기뻤습니다. 이른 봄, 아직은 춥고 황량한 산에서 꺾어오는 진달래꽃이 "캄캄한 데서 꺼내온 색"(「간절함이 묻어 있다」)이듯이, 제겐 꼭두가 가진 밝고 강렬한 색채와 어두움이 따로 분리되지 않았으니까요.

필자: 꼭두가 가진 밝고 강렬한 색채와 어두움이 분리되지 않았다는 말씀이 의미심장합니다. 현상의 근원에 대한 질문에서 오는 작가적 인식이 아닐까 싶습니다. 그런 맥락에서 어쩌면 예술가에게 개인적 고통이란, 길들여지고 익숙해져서 마침내 무감각해진 영혼을 깨우는 '낯섦'이거나 혹은 '낯선 손길'이란 느낌이 문득 스칩니다. 애초에 반성과 성찰의 기제라곤 모르는 욕심이나 욕망을 다스릴 방법 또한 고통만한 게 없다는 생

각도 새삼 하게 되네요. 작품을 통해 들려주는 두 분의 위로가 결코 가볍거나 서툴지 않게 다가오는 이유를 조금은 알 것 같습니다. 장시간 말씀을 나누느라 출출하실 텐데요, 근처 식당으로 옮겨서 남은 이야기를 마저 잇도록 하겠습니다. 일어서기 전에 『시와반시』를 대신해서 다시 한번 두 분께 감사드린다는 인사를 전합니다.

김성수, 박정남: 우리도 무척 뜻깊은 시간이었습니다, 감사합니다.

눈사람 라라로 읽는 비밀의 정원
—시인 이정란과 김상열의 비밀의 정원

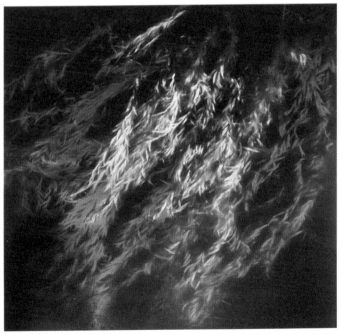

김상열, Secret garden-wind acrylic on canvas 227.3×181.8cm 2013

자연

　　김상열의 회화는 묘하게도 청각적이다. 그의 최근 작업이
기도 한 '비밀의 정원' 연작을 마주하노라면 뽀드득, 하고 눈을
밟는 소리나, 버드나무 가지를 흔들고 지나가는 황금빛 바람 소
리가 들리는듯하다. 그러면서도 그의 그림들은 희고 고요하다.
이를테면 동양 수묵화의 발묵법으로 펼쳐놓은 것 같은 농담(濃
淡)의 세계, 그 몽환적인 흑백의 이미지야말로 그의 회화가 던
져주는 첫 번째 충격이다. 김상열의 그림이 열어놓은 공간, 즉
안개에 에워싸인 크고 작은 나뭇잎과 풀잎과 풀꽃, 넝쿨식물과
솔가지 위에 수북이 쌓인 눈을 헤치고 들어간 '비밀의 정원'에
서 우리는 무엇을 만날 수 있을까? 혹 의식 저 너머에 자리 잡은
깊고 아득한 심연, 다시 말해 우리의 정념이 헤아리는 기억 속
의 풍경이 기다리는 것은 아닐까.

　　경북 청도군 금천면 김전리 구 김전초등학교에 자리 잡은
작가의 작업실(김전작가촌)을 찾은 날, 폐교의 마당에서는 수
확한 감을 나무상자에 옮겨 담는 작업이 한창이었다. 농촌에서
나고 자랐으면서도 가지째 자른 후 그걸 쌓아놓고 감을 따는 모
습을 보기는 처음이었다. 혹시나 해서 단감이냐고 물었더니 익
기 전의 땡감이라고, 그걸로 감말랭이를 만든다고 했다. 떫은
감이 감말랭이가 되면 달고 맛있기가 기가 막힌다고 누군가 덧

붙였다. 또 다른 누군가가 한쪽에 골라놓은 홍시를 먹으라고 자꾸만 권했다. 각각의 노동이 주는 압박은 동일해도, 육체노동자들에게는 감정을 상품화하는 '감정노동자'들에게서 흔히 볼 수 있는 날카로운 가식을 찾아보기 힘들다. 삶을 포획하는 자본의 그물이 육체노동자들에게만 유독 성글 리야. 다만 사람들과의 갈등이 비교적 적은 노동 현장과, 그런 자연환경이 주는 풍요로움이 그들의 심장을 부드럽게 어루만져서일 것이다.

창호지에 어른거리는 달빛이며 수양버들과 대나무 숲을 스치고 지나가는 바람, 수면으로 난분분하게 떨어진 벚꽃 잎의 장관, 차가운 눈밭에서 언 귀를 내민 듯한 풀잎… 이층의 작업실에서 작가가 내려오길 기다리는 잠깐 동안, '비밀의 정원' 연작에서 보았던 그의 '자연'이 떠올랐다. 낡은 폐교의 작업실 창문 너머로 펼쳐진 하늘과, 집에서 작업실까지 오고 가는 내내 펼쳐질 과꽃과 벚꽃과 감꽃이 순차대로 피고 지는 국도변의 풍경이 지금의 작업과 전혀 무관하지만은 않겠다는 생각이 들었다. 현실과 비현실의 경계에 선 풍경들. 그것은 치명적 매혹이라기보다 근원적 순수함에 가까운 아름다움으로 내게 다가왔다. 그의 그림을 놓고 "자연에 대한 시각적인 재현을 넘어 자연그 자체의 본성을 추구하는 지점으로 진입했다"라는 세간의 평은 우선 그러한 지점에 착목했을 터였다.

Secret garden acrylic on canvas ⌀122cm

가지를태운그을음에갖풀을섞어만든먹을벼루에갈아노루
오줌청설모앞발톱뒤섞어그린수묵화에취한내눈의홍채와맞
닿는순간을기다려온
소나무 生이 있을 수 있다

꿀벌 뒷다리를 잡고 날아가는 꽃가루에게 공중의 높이는
충분히 즐거운가

붓끝은 아직 구름의 이름으로 떨고 있고

항아리라 말할 수 없는 항아리에 물을 부으려는 너는

나이테 사이에서 새어 나오는 바람의 풍금 소리 들으며

무덤의 둥근 원주 안에서만 활동하는 기억을 죽음의 질병
이라고 말한다

집행유예로 익어 가는 내 나무의 열매는 시고 떫다

(…)

나는 트라이앵글 바깥으로 내동댕이쳐졌다

수묵화가는 먹을 내려놓고 나를 벼루에 올렸다

내 몸 여러 곳에서 솔가지가 가려운 무렵이 지나갔다

— 이정란, 「갖풀에 풀어 넣어 얇게 바른 필름이라는

죽음 효과」(『눈사람 라라』) 부분

인간

예술 장르를 불문하고 '비밀의 정원'이란 제목은 우리로 하
여금 '정원'이란 장소와 그곳을 가꾸는 '정원사'를 떠올리게 한
다. 두말할 것도 없이, 우리가 연상하는 '정원'은 일반적 의미에

Secret garden acrylic on canvas 240×120cm 2012

서의 환상을 내포하는 유토피아적 공간이다. 그러한 정원의 '정원사'가 자연과 인간의 조화로움을 추구하는 존재이자, '비밀'로 통하는 문의 열쇠를 쥐고 있음도 분명하다. 아닌 게 아니라 지그문트 바우만은 『모두스 비벤디』(후마니타스) 제5장에서 고형적 근대의 세계관을 가진 '정원사'와 유동적 세계관을 가진 '사냥꾼' 비유를 통해 유토피아가 사라진 오늘날의 지옥에 대해 이야기한다. 바우만이 말하는 '정원사'란 자신의 머릿속에 유토피아에 해당하는 설계도를 그려놓고 그대로 정원을 가꾸어나가는 존재다. 반면에 '사냥꾼'은 자신의 자루를 채우는 데만 관심이 있으므로 사물의 균형이나 상흔 따위에 신경 쓸 여력이 없다. 극단적으로 말해, 사냥꾼들이 지배하는 세상에서 살아남으려면 내가 사냥감이 되지 않기 위해서라도 사냥꾼의 대열에 끼어들어야만 한다. 삶의 의미나 먼 미래의 전망은 생각

지 못한 채 끝없이 뭔가를 추구해야하는 사냥꾼의 피로. 이 사
납고도 지친 유동꾼들이 지배하는 현대가 바로 지옥인 것이다.

그러한 맥락에서, 김상열의 작업은 자연 속에 스며든 인간
의 삶, 즉 인간과 자연의 공존을 예민하게 감각화 하는 작업이
다. '정원지기'라는 다소 말랑말랑한 그의 닉네임은 거기서 비
롯한다. 예컨대 "김상열의 그림은 절망하거나 분노하지 않는
다. 좌절하거나 혁명을 꿈꾸지도 않는다. 강하게 부딪치고 직선
으로 달려가 그 어떤 감각적 폭력을 강요하지도 않는다."라고
이영철 화가는 말한 바 있다. (근자에는) "자연 대상을 구체적
으로 작업 속으로 데리고 들어와 함께 노는데 열중하고 있다."
라거나, (예전부터) "자연을 드러내는 방법, 그 자연스러움 자
체를 갈망해왔다."라는 '작가의 말' 역시 앞서 본 화단의 주목과
함께, "현실에서 찾은 자연의 이면"에 맥이 닿아있다. 현실과 분
리된 듯한 공간이 가진 '자생하는 생명력'을 그는 추구하는 것
이다. 그리고 이 일련의 작업은 꿈과 현실, 인간과 자연을 봉합
하는 그만의 아주 고요한 운동이다.

단풍나무 허리에 붙은 이름표는 목백일홍입니다

앵두가 체리로 불리는 언덕에 하얀 집을 짓고 싶지 않습
니다

꺾인 길을 양손에 쥔 거울이 텅 비어 있습니다

숲은 거울을 채우지도 통과하지도 않습니다

무인 카메라를 관리하는 무인은 늘 부재중입니다

바람이 얼굴과 모자를 바꿔 쓰는 걸 아무도 모르고 있군요

나는 털끝 의심도 없이 바람에게 몸을 빌려줍니다

고요가 산벚나무 기둥에서 미끄러집니다

솔잎에 걸려 있던 저녁달이 한 발짝 나아갑니다

소나무 숲이 좋은 건 소나무 그늘에 내 그늘이 찔리지 않기 때문입니다

두 그림자 베어진 현사시나무 나이테를 휘돌며 심장을 차곡차곡 접습니다

내 바람은 다른 숲 어디쯤을 지나가고 있습니다

—「숲」(『눈사람 라라』) 전문

어제

예술은 현실이나 비현실 중 그 어느 것도 아니라는 이우환의 견해를 수용하지만, 그렇다고 해서 김상열이 크게 영향을 받았다고 할 만한 작가는 찾아보기 힘들다. 모든 예술은 흔히 모방을 시작으로 해서 자신만의 창작세계로 나아가기 마련이다. 그러나 김상열은 습작기에도 선대나 당대 작가의 작품에 매력을 느껴 의식적으로 그 작업을 모방한 기억이 별로 없다. 자신의 (내면적) 시선에 걸려든 풍경을 납작한 평면에 불과한 캔버

스 위에 밀착시키려는 욕망이 여태껏 그를 자극해왔을 따름이다. 굳이 꼽는다면 그는 초현실주의의 대표적 작가인 살바도르 달리의 남다른 상상력과 많은 양의 드로잉을 보고 놀란 적이 있다. 또한 기교와 독창성·해학이라는 측면에서 한계가 없었고, 그의 삶만큼이나 변화무쌍했던 피카소의 자기혁신을 그는 최고로 친다. 무엇보다 그는 "나는 14세에 라파엘로처럼 그릴 수 있었지만 아이들처럼 그리는 법을 배우는 데는 평생이 걸렸다."라는 피카소의 고백에 주목한다. 조각상처럼 견고한 신고전주의적인 구상 작품들에서부터 초현실주의 양식과 신표현주의에 이르기까지, 피카소 작업의 그 지칠 줄 모르는 열정은 '순수한 선'과 '욕심 없는 표현'에 대한 추구가 있었기에 가능했다는 생각에서이다.

그가 그림을 전공하게 된 데도 무슨 특별한 이유가 있는 것은 아니다. 어떻게 보면 경주 인근의 건천에서 자라던 초등학생 때부터 그에게 그림은 체질이자 삶의 일부였다. 그 시절 저수지 위로 피어오르던 물안개와 양지쪽에서 햇살 바라기를 하던 따스함이 현재 그의 그림 속에 오롯이 배어있듯이, 그림은 그의 삶 속으로 흔적도 없이 스며들었던 것이다.

하지만 "선생님, 누구나 쉽게 이해되는 그림을 그려야 되지 않나요?"라고 질문했던 철부지 중학생과 그 까까머리를 지도했던 권영식 미술 선생님과의 만남은 김상열에게 가장 소중한 추억이다. 화가가 '천직'이라는 의식조차 필요치 않을 정도로 천생 화가인 그이지만, 그림에 얽힌 과거를 회상할 때마다 매번 돌아가는 지점은 그분께 가르침을 받던 시절이다. 일찍이 좋은 스승을 만났다는 점에서, 그는 매우 행복한 제자이기도 하다.

graphite on paper 103X73.0cm 2005

한때 그는 붓으로 그림을 그리지 않았다. 붓이 제한하는 선을 넘어서려는 의도도 의도려니와, 기존의 정형화된 터치를 용납할 수 없어서였다. 대신 그는 오일스틱을 칠한 후 붓이 아닌 손바닥으로 파도를 그리고 달을 그렸다. 그가 2005년을 전후로 해서 그렸던 '섬' 연작을 보면, 작가의 작업은 즉흥적이고 빠른 직관에 의존한 우연성으로 일관한다. 반복된 지우기와 문지르는 과정으로 채워진 화면은 바닷물에서 막 건져 올린 이미지들처럼 생경한 풍경들로 가득하다. 대부분 2m가 넘는 대형 화폭을 밀고 쓸고 하는 과정에서 그의 손바닥은 벌겋게 헐고 상처 입기 일쑤였으리라. 그렇듯 김상열은 하나의 주제나 기법에 천착하기보다 늘 새로운 주제와 기법으로 작업을 옮겨간다.

　한편으로, 그는 형식에 얽매이지 않는다. 언제나 내용에 우선해서 형식을 선택하기 때문이다. 화단의 유행이나 선호하는 방식에 연연하지 않는 자신을 두고, 그는 '딴짓'하기를 좋아한다고 스스로를 표현하기도 한다. 2002년 개인전인 '비(飛)'란 명제의 작업들에서 드러난 프로타주 기법, 2005년 개인전부터 2008년 개인전까지의 작업들에서 선보인 흑연과 오일스틱을 손가락과 손바닥으로 하나하나 밀어 표현하는 방식, 그리고 물감을 일일이 입으로 불어서 만드는 근작에 이르기까지, 그럴듯한 방법론에 의지하기보다 오히려 거기서 벗어나려고 고심한 흔적이 작품들마다 유별하다. 그의 그림들이 저마다의 독특함으로 빛나는 까닭이 아마 그래서일 것이다.

　　　누가
　　　생각을 잠그지 않아
　　　바닷물이 갑자기 불어났다

　　　섬에서 또 하나의 섬이 풀려나왔다

　　　눈앞에 보이는 물체여서
　　　기억하기는 쉽다

그를 잘 잊으려면

눈앞에 계속 있게 놔두어야 한다

섬과 섬은

서로의 바깥으로

서로의 안을 만들고 있다

자신의 운명을 결정할 수 있는

유일한 비가

바깥의 가장 안쪽에서 내리고 있다

모든 상황은

빗줄기 속에 들어 있는

바람의 방향을 다 알기 전에 발생한다

　　　　　　　－「섬이 낳은 바다」(『눈사람 라라』) 전문

Secret garden acrylic on canvas 218×67cm 2011

그리고 오늘

김상열의 '비밀의 정원' 연작을 두고 "깊고 고요한 명상적인 풍경"이라고 한 평은 매우 적절해 보인다. 이처럼 유화를 소재로 한 동양적 분위기가 이색적이어서인지, 그의 작품은 국내에서보다 외국에서 더 많이 찾고 알아주는 편이다. 예컨대 그의 최근 작품들은 얼핏 흑백사진 같기도 하고, 먹이 종이에 스며들면서 번져나간 수묵산수화의 느낌도 풍긴다. '자연의 회화적인 번역방법론'이라고 소개되는 그의 이러한 회화적 방식은, 우리로 하여금 현상의 아름다움 너머에 있는 본질을 사유케 한다.

자연을 표현하는 방식은 일차적으로는 감수성의 문제이며, 나아가서는 자연으로 표상되는 대상 일체에 대한 작가의 인식과 태도로 귀착된다. 그런 의미에서 그의 풍경은 자연을 재구성하거나 포장하는 것과는 거리가 멀다. "자연으로부터 받은 감성과 기억의 실타래를 하나하나 풀어 헤친 후, 그것을 다시 이어 붙이는" 이 과정은, 자연이 그의 영혼 속으로 빈틈없이 스며들었다가 소리 없이 빠져나가는 '순환'의 흔적에 다름 아니다. 결국 "수없이 갈아내고 집요하게 덧바른 어둠 위로 떠오르는" 것은 주변에서 흔히 볼 수 있는 여리고 사소한 사물들의 숨결, 숨이 멎을 만큼 고요한 자연의 생명력이다. 그리고 그 깊고 환한 침묵이야말로 그의 '정원'이 우리에게 전하는 신비스러운 비밀이다.

　　김상열에게 이미지는 현실의 비교가 아닌, 현실과 몽상의 접근에서 생겨난다. 그는 기억과 관념 언저리에서 서성거리던 예전에 비해 최근의 작업이 훨씬 즐겁다고 말한다. 그러나 '이것이 그의 작업이다'고 우리가 믿는 순간, 그는 벌써 다음을 준비한다. 그의 작업실 벽에 빼곡히 걸려 있던 이런저런 스케치들이 떠오른다. "이후의 작업이 궁금해서 전시장을 꼭 찾게 만드는 작가가 자신이 생각하는 좋은 작가"라고 그는 말했었다. 그렇다면 여태까지의 행보로 봤을 때, 그야말로 좋은 작가임이 분명한 것이다.

순수와 저항을 실험하다
─천상병의 시와 연극저항집단 백치들

나는 술을 좋아하되

막걸리와 맥주밖에 못 마신다.

막걸리는

아침에 한 병(한 되) 사면

한 홉짜리 적은 잔으로

생각날 때만 마시니

거의 하루 종일이 간다.

맥주는

어쩌다 원고료를 받으면

오백 원짜리 한 잔만 하는데

마누라는

몇 달에 한 번 마시는 이것도 마다한다.

세상은 그런 것이 아니다.

음식으로

내가 즐거움을 느끼는 때는

다만 이것뿐인데

어찌 내 한 가지뿐인 이 즐거움을

마다하려고 하는가 말이다.

우주도 그런 것이 아니고

세계도 그런 것이 아니고

인생도 그런 것이 아니다.

목적은 다만 즐거움인 것이다

즐거움은 인생의 최대목표이다.

막걸리는 술이 아니고

밥이나 마찬가지다

밥일 뿐만 아니라

즐거움을 더해주는

하나님의 은총인 것이다.

－천상병, 「막걸리」 전문

조사관: 당신은 밤마다 파자마 바람으로 오토바이를 타고
시내를 돌아다닙니까?

K: 나의 산책 습관이오.

조사관: 당신은 비무장지대에 오줌을 싼 적이 있습니까?

K: 네!?

조사관: 당신은 헤밍웨이와 복싱을 하겠다고 도전장을 내
민 적이 있죠?

K: 네!

조사관: 가로등 아래서 가출한 부녀자를 꼬신 적이 있지?

K: 남자도 보면 꼴립니다!

—연극, 「시인 K」의 대사 중에서

'서시'와 '막걸리'

질문: 먼저 천상병 시인의 시 「막걸리」 얘기부터 할까요?

그 시를 굉장히 좋아한다는 소문을 들었어요. 누구보다 시와 시인을 좋아하는 연극인이라는 말이 있어서 우리 쪽에서 안민열 씨를 주목하기도 했고요. 촌스러운 질문이겠지만, 특별히 '막걸리'라는 시에 애착을 가질 만한 무슨 이유라도 있나요?

안민열: 그렇게 불러주시니 고마우면서도 한편으로는 민망한데요. 왜냐하면 연극인이라면 누구라도 시를 필연적으로 좋아할 수밖에 없거든요. 고대 그리스부터 셰익스피어의 희비극까지를 생각해보세요. 시와 노래로 출발해서 운율적 대사로 이루어진 게 연극의 본질이에요. 낭송을 잘하는 연극인이 연기도 잘하는 이치가 그래서이고, 예술사적으로도 시가 맡았던 모종의 역할들을 연극이 이어 나가곤 했지요.

그렇더라도 제가 개인적으로 영향을 가장 많이 받은 시는 윤동주님의 '서시'가 아닐까 싶습니다. 어릴 적부터 저희 집 벽에 그 시가 써진 장식물이 걸려 있었거든요. 항해하는 배 그림을 보고 자란 아이가 나중에 선원이 되어있더라는 일화가 있듯이, 제 핏속에는 은연중에 '서시'의 정서가 흐르는 것 같아요(웃음).

천상병님의 「막걸리」는 그분의 인생에 관심을 갖다 보니 만나게 된 시지요. "우주도 그런 것이 아니고/세계도 그런 것이 아니고/인생도 그런 것이 아니다"라는 구절이 제가 하고 싶은 말이기도 하고요. 얼핏 봐서는 아주 평범한 진술이지만, 몇 권의 책으로도 가르치거나 느끼게 할 수 없는 교훈 혹은 감동이 있다고 생각합니다. 그게 바로 아무것도 얘기하지 않으면서 '말할 수 없는 것을 말하는' 시의 매력이기도 할 터이지요. 저는 시의 그런 여백이 마음에 듭니다.

질문: '서시'의 정신이 핏속에 흐른다는 말이 인상적이네요. 그렇다면 '백치들'이란 극단의 이름이 천상병 시인의 삶에서 따온 건가요?

안민열: 아니, 반드시 그렇지는 않습니다(웃음). 극단의 이름을 제가 지었는데요, 일차적으로는 도스토옙스키의 동명 소설에서 힌트를 얻었고요, 다음으로는 라스 폰 트리에 감독이 주도한 '도그마 선언'에서 자극을 많이 받았습니다. 예술에서 인공적, 기술적, 기교적 요소를 최대한 배제하겠다는 취지에 저도 적극 공감했거든요. 그가 만든 영화 중에도 '백치들'이란 제목의 작품이 있습니다.

질문: 극단 '백치들'의 서브타이틀subtitle이 '연극저항집단'이에요. 얼핏 봐서 '백치'와 '저항'이란 어휘 사이에서 느껴지는 간극이 상반되지 않나요? 기왕 극단의 이름에 관한 말이 나왔으니 거기에 대해 좀 더 얘기를 해주시죠.

안민열: '백치'란 어휘에서 풍기는 뉘앙스가 능동적이기보다는 수동적이기에 하시는 말씀으로 압니다. 사실 제 개인적인 생각도 비슷해서 좀 더 적극적으로 '저항'을 지시할 수 있는 이름을 고를까도 고민했어요. 그럼에도 불구하고 주위 분들이 '백치'도 지나치게 과격한 게 아니냐고 반응들 하셔서 깜짝 놀랐지요.

요컨대 '백치'는 지능이 아주 나쁜 사람을 얕잡아 일컫는 말이잖아요. 다시 말해, 작금의 자본주의적이고 기계적인 시대에 '백치'란 비정상적이고 무기력하고 욕망도 없는 왜소한 주체입니다. 합리적이고 효율적인 체제 내에 틈입할 여지가 원천적으로 가로막힌 존재지요. 그런 백치로서의 삶은 너무나 적극적인 삶의 자세를 가짐으로 말미암아 결국 자본적 구조에 발맞춰 살아가는, 즉 소모적 부품으로 살아갈 수밖에 없는 삶을 극복하는 저항의 한 방식이기도 합니다. 저희 집단이 '순수+저항+실험'을 지향하는데요, 그중에서 '순수'를 상징하는 게 바로 '백치'라고 보면 되겠습니다.

연극은 저항이고, 현재의 예술이다

질문: 어쩌면 '저항'은 거대담론과 함께 우리의 의식 속에서 잊혀 버린 태도나 의미란 생각도 드는데요. 문학 역시 거대담론이라든가 혹은 세계의 고통을 짊어지려는 노력 등은 꼬장

꼬장한 '꼰대'들에게나 통한다는 분위기라서요. 요즘 젊은 작가들의 작품을 놓고 '상처 없는 싸움'을 벌인다고 우려하는 이유도 그런 시대적 변화에서 기인하겠지요. 단적으로 말해, 예술에서 '저항'이란 기껏 낡아서 쓸모없어진 레토릭이 아닐까요?

안민열: 저희 공연작이었던 「시인 K」를 예로 들겠습니다. 이 작품은 이윤택 선생님의 「시민 K」를 선생님 허락을 얻어서 뼈대만 남기고 제가 새롭게 각색한 작품입니다. 「시민 K」에서 '시민'이 80년대 언론통폐합 당시의 정치적 주체였다면, 「시인 K」에서의 '시인'은 오늘날의 예술적 주체를 상징하는 인간상이지요. 거기에 이런 대사가 나옵니다. "선배, 지금 저 바깥세상은요. 선배가 생각한 것만큼 절박하지는 않아요."라는 대사가 그것입니다. 컴퓨터나 핸드폰을 통해 넘쳐나는 가상의 이미지들 너머, 현실 너머의 현실을 그는 인정하지 않습니다. 그러니 말씀하신 것처럼 세상은 이제 실천이나 의미보다 순간의 느낌이 중요한 시대가 되어버린 건지도 모르겠습니다.

하지만 근본적으로 자유를 추구하는 예술은 항상 무언가에 저항하기 마련입니다. 그리고 저항만큼 강렬한 방식이 어디 있겠습니까. 또한 그런 예술이 구체적 생의 조건인 일상의 현장에서 '창조적 균열'을 꿈꾸지 않는다면 그 순간의 느낌이란 게 과연 어떤 가치를 지닐까요? 따지고 보면 예술적 '전복'이라든가 예술적 '상상력'은 예술적 '저항'의 다른 이름이기도 합니다.

결론적으로, 예술은 예지 그리토프스키Jerzy Grotowski가 말했다시피 '놀음'이 아니고 '저항'입니다. 저는 예술가란 '사실주의자'가 아니라 '현실주의자'라는 말을 즐겨 사용하는데요, 예술적 저항 역시 현실에 대한 고민에서부터 출발해야 한다고 생각합니다. 그런데 현대의 예술은 표현에만 집중하다 보니 내용 없는 추상만 남았어요. 형식은 비록 추상일 수 있어도 메시지는 시대를 반영해야 한다는 게 연출가이자 배우로서의 제 가치관입니다.

질문: 「시인 K」에서 예술적 저항의 주체가 '시인'이라는 상징성이 의미심장하네요. 어쨌든 '아무도 아파하지 않는 사람들'을 위해 홀로 불치병을 앓는 게 예술이겠습니다. 하지만 '저항'도 공감 지대를 확장할 수 없을 땐 '무위의 고립'으로 그쳐버릴 공산이 크지 않나요? 단도직입적으로 말해, 연극의 대중성에 대한 의견을 듣고 싶습니다.

한편 그러한 맥락에서 봤을 때, 지방에서의 활동은 제한적 활동이란 느낌을 떨칠 수 없는데요. 혹시 지역을 고수하는 게 저항의 한 방식인 건가요?

안민열: 연극은 '지금, 여기에서 현재' 무대 위의 배우들이 펼치는 예술입니다. 관객들과의 소통은 무엇보다 소중하지요. 헌데 그 '소통'에 대해 오해하는 부분이 있는 것 같아요. 가령 소

통을 빌미로, 요즘 관객들은 가벼운 웃음과 무분별한 메시지를 선호한다는 식으로 작품 선택의 방향성을 정하는 거지요. 그리고 그러한 방향성은 연극의 대중성이란 명분과 밀접한 관련을 맺습니다. 대중들을 향한 연극의 구애가 천박해지는 경계가 거기서 비롯하겠지요. 또한 사람들의 취향을 과장하고, 통속성을 대중성이라고 오도하는 전략이기도 하고요. 오히려 저는 연극이 가장 연극다워질 것을 대중들은 요구한다고 생각합니다. 물론 엔터테인먼트entertainment를 완전히 포기할 순 없습니다. 연인들끼리 와서 가볍게 즐기다갈 수 있는 기회 등도 필요하니까요. 하지만 그것은 언제나 부차적인 문제입니다.

　지방에서 활동하는 이유를 말씀드린다면, 서울이라는 공간을 권력으로서의 중심으로 가정하고 거기에 편입하려는 자세는 자신을 진정한 주체로 만들지 못한다는 입장입니다. 저는 동시대성은 고민하지만 공간에 그리 연연해하지 않는 편이기도 하고요. 물론 서울에 있는 좋은 조건은 아낌없이 활용해야죠. 가서 배우고 여기 와서 다시 활용하면 되잖습니까. 그런 모습이 주변인을 자처하는 저항으로 비칠지도 모르겠네요.

　질문: 흔히들 현대는 장소가 사라지고 공간만 남은 시대라고들 해요. 도시가 물리적 공간에 불과하다면 '오래된 골목길'은 장소에 해당하겠지요. 때문에 저는 대구에서의 활동을 일단 공간 중심이 아닌 장소 중심으로 받아들이겠습니다. '주변/중

심'의 문제로 바라본다면 '저항'이 될 수도 있겠지만, '공간/장소'의 차원에서는 '실천'의 의미를 띤다고 해야 옳겠지요. 그리고 방금 '연극다운 연극'이란 표현을 사용하셨는데요?

안민열: 저는 바람직한 예술은 과거를 복원하되 살아있는 사람의 재해석이 가미된 거라야 한다는 입장입니다. 내용은 그대로인데 전달하는 방식만 변한다는 얘기와도 통하겠네요. 제가 주로 관심을 갖고 작업하는 작가들이 괴테, 셰익스피어, 쉴러, 소포클레스 등이라면 대답이 될까요? 고전으로의 회귀, 더 정확하게 얘기하자면 고전에 존재하는 정신으로의 회귀가 현대 연극에는 필요합니다.

실험, 그리고 남은 것은 침묵뿐

질문: 이쪽으로 문외한이라서 그런지, 저는 '연극'하면 머릿속에 샤프의 '연극이 끝나고 난 뒤'란 노래가 맨 먼저 떠올라요. 대학가요제에서 은상을 받았던 곡이죠. "연극이 끝나고 난 뒤 혼자서 객석에 남아 조명이 꺼진 무대를 본 적이 있나요"라는 가사 때문에 한때 이 노래가 노래방에서 부르는 제 18번이기도 했지요(웃음). 사실 연극하면 '배우'고, 배우가 연극의 처음이자 마지막이 아닐까요. 연출가도 작가도 아닌, 오직 배우로서의 자신을 이야기한다면 어떨지 듣고 싶네요.

안민열: 활자로 하는 예술 중에서 가장 가난한 예술이 시라고 저는 알고 있습니다. 마찬가지로 몸으로 하는 예술치고 연극만큼 가난한 직업도 없습니다. 그럼에도 불구하고 제가 연극을 선택한 이유는 문자와 몸이 한데 어우러지는 매력과, 즉각적으로 자신을 반추하고 발견할 수 있는 연극의 현장성에 있습니다.

또한 배우를 가지고 실험하는 게 연극이라면, 배우는 오로지 배우로만 드러나야 하되 거기에는 배우조차 없어야 합니다. 이러한 역설은 말을 전달하기 위해 아무것도 이야기하지 않는 시의 정신과도 일맥상통합니다. 시가 자신의 몸인 언어를 깎고 또 깎듯이, 배우는 빛도 음향도 무대도, 심지어 언어조차 '제거'하는 존재입니다. 결국 배우는 순수에 도달하려는 '과정'으로만 존재해야 합니다. 햄릿이 마지막으로 하는 말이 "남은 것은 침묵뿐"입니다. 저는 그 대사가 배우를 가장 잘 표현할 수 있는 메타포인 것 같아요. 부족하지만 그런 배우가 되도록 최선을 다하겠습니다.

질문: 순수에 도달하고자 하는 과정이 배우고, 그 배우를 가지고 실험하는 게 연극이란 말이 마음에 와닿습니다. 현란하게 부상浮上하는 이 디지털의 시대에 어두컴컴한 지하로, 밀실로 내려가는 연극의 아날로그적 정신이 과연 시대착오적인가를 판단하는 문제는 시간에 맡겨야겠네요. 긴 시간 인터뷰에 응해주신 것 감사하고요, 지면이 한정된 관계로 말씀 중에서 부분

적으로 취사선택할 수밖에 없음이 아쉽습니다. 안민열 씨와 극단 '백치들'의 무궁한 발전을 기원합니다.

안민열: 관심을 가져주셔서 영광입니다. 연극의 정통성을 추구하는 성실한 연극인으로 보답하겠습니다. 아울러 저희 단원들 모두 반사회적이고 순수한 백치로서의 저항 정신과 실험 정신을 끝까지 놓치지 않겠습니다. 현재 준비하고 있는 작품으로 반갑게 찾아뵐게요. 감사합니다.

3부

이슈 앤 토픽

유랑과 그늘과 바닥, 그 서정의 연대기
―문인수론

*

    그러고 보면 기미(幾微)는 언제나 사후적이다. 우리는 일이 벌어지고 나서야 그때의 일이 훗날의 어떤 징조였음을 깨닫는다. 이를테면 『나는 지금 이곳이 아니다』(창비, 2015)라는 문인수 시인의 마지막 시집 제목을 놓고 우리는 그의 '떠남'이 벌써부터 예정되었음을 짐작한다. 이 시에서 시인은 수십 년째 자신이 살고 있는 동네의 "골목골목들까지 나를 너무 속속들이 잘 알아서// 아무 데나 가보려고,// 눈에 짚이는 대로 행선지를 골라" 무작정 "버스를 탄다"고 말한다. "영천 영해 영덕 평해 청송 후포 죽변⋯⋯" 그렇게 아무 데나 자신을 부려놓고 "나는 지금 텅 빈 비밀, 이곳에서 이곳이 아니다. 날 모르는 이런 시골,// 바깥 공기가 참 좋다"라고 환하게 숨을 쉰다. 그렇듯 그는 또다시 어딘가로 훌쩍 떠났지만, 이번에는 버스를 내린 곳에 영영 자리를 잡고 눌러앉을 모양이다. 해서 문인수 시인은 참말로 "이곳이 아"닌 존재가 되고 말았다. '선생님, 도착하신 곳의 공기는 어떻습니까?' 참 좋았으면 좋겠다고 생각하다가 참 좋을 게 분명하다고 끄덕여본다. 무릇 시인이란 세상의 가장 아프고 여린 속살이니까. 그는 그 아프고 여린 속살로 이 세상을 살다 간 사람이니까.

1. 길 위의 서정, 『동강의 높은 새』

　문학은 자신이 '속한' 시대의 감수성이다. 속한다는 의미는 무엇일까? 21세기의 분열된 자본주의 시대를 사는 작가라도 그의 감수성은 얼마든지 과거의 공동체적 정서에 머무른다. 이는 역사 · 정치 · 경제의 사회적 맥락과 관계 맺는 현실 인식의 틀과는 구별된다. 상처로 얼룩진 삶의 흔적을 배후에 거느린 채 생의 어느 한 통과 지점의 미학적 정서에 고착(속하게)된다는 점에서 차라리 문학적 감수성은 인(印)이자 숙명이다. 작가 개인의 시대적 감수성, 이것이 바로 문학의 감수성이요 시의 서정이다.

　문인수 시인이 타계했다. 이로써 한국 현대시는 '한 시대적 감수성'으로부터 파생된 특유의 서정 미학을 영원히 잃어버린 셈이다. 성장기 농경문화의 체험에서 비롯한 뜨끈하고 우직한 공동체적 정서, 떠돌이의 삶이 갖는 한스러운-그러나 신파도 없이-유배의식과 유장하면서도 구성진 가락, 버림받은 자가 아니라 세상을 버린 자, 현실의 경계 바깥으로 스스로를 추방한 자로서의 상실감과 비애의 정서가 "다시는 돌아오지 않겠다."(「12월」,『동강의 높은 새』). 마음이 헐거워지는 쓸쓸한 아름다움이 다시는 돌아오지 않겠다.

> 동강은 대뜸 말문을 막는다.
> 어이없다, 참 여러 굽이 말문을 막는다.
> 가슴 한복판을 빠개며 비스듬히 빠져나가는
> 저기 내려 꽃피고 싶은 기슭이 너무 많다.
> 몸이 먼 곳,
> 인생이 저렇듯 아름다울 수 있겠으나
> 어떤 죄가 모르고 자꾸 버렸으리라
> 늙은 사내는 엎드려 산 첩첩 울고
> 물길은 산에 막히지 않고 간다.
>
> ─「동강에서 울다」 전문

　문인수 시의 서정이 화려했던 시기는 역설적이게도 그가 자신의 삶을 피 흘리듯 아파했을 때다. 시인 스스로 "내 삶의 궁기가 보였다."라던 시기. 전통 서정시의 맥에 뿌리를 둔 그의 시는 초기의 농경 문화적 서정을 지나 흔히 '여행시'라고 일컫는 『동강의 높은 새』(세계사, 2000)에 이르러 만개한다. '여행시'라고는 하나 낭만적 가객의 초월적 유랑이 아니다. "섬진강 가 동백 진 거 본다./ (…) / 나는 그러나 단 한 번 아파한 적 없구나./ 이제 와 참 붉디붉다 내 청춘,/ 비명도 없이 흘러갔다."(「동백」)라는 절창에서 드러나듯, 정선에서 영월로, 동강과 섬진강과 우포늪 등을 떠돌며 노래한 시편들마다 선혈이 낭자한 통증, 그 운명과도 같은 통증이 "無痛"(「호암리」)으로 치환되는 반어적 비명으로 가득하다.

　비명과 통증은 죄에 대한 감각이기도 해서, 이 시집에서 일관되게 발견되는 것은 떠돎에 혼이 지핀 자가 '길 위'에서 스스로의 생에 대해 갖는 붉은 죄의식이다. 죄에 대한 감각은 "가슴 한복판을 뻐개며 비스듬히 빠져나가는" 칼날과도 같이 뜨겁고도 서늘하다. "사람의 속이 저와 같이 첩첩하여서"(「동강, 저 정선 아라리」) 시인은 "더 춥고 어두워지려는 마음"(「얼음새」)이 되어 "어머니, 어머니, 부르며 올라가 봐라 죄여"(「어라연」)라고 노래한다. 대체 무엇이 죄인가? "저기 내려 꽃피고 싶은 기슭"이 너무 많지만, 그곳은 "몸이 먼 곳"이기 때문이다. 이때 '아름다울 수 있었던 기슭'을 버린 "어떤 죄"는 '세상의 죄'로 일반화되지 않고 유랑하는 "늙은 사내"로 초점화된다. 여기에는 그의 "몸"이 그 기슭을 거부할 수밖에 없었다는 자의식, 현실에 실재적 삶을 단단히 비끄러매지 못하게 만드는 붉고 비린 피가 "인생"을 "자꾸 버"리게 했다는 회한이 뒤엉켜 있다. 삶과 죽음이 한 몸이듯 회환에 찬 비명과 통증은 다음과 같은 탐미적 미학을 동반한다.

지리산 앉고,
섬진강은 참 긴 소리다.

저녁노을 시뻘건 것 물에 씻고 나서

저 달, 소리북 하나 또 중천 높이 걸린다.
산이 무겁게, 발원의 사내가 다시 어둑어둑
고쳐 눌러앉는다.

이 미친 향기의 북채는 어디 숨어 춤추나

매화 폭발 자욱한 그 아래를 봐라

뚝, 뚝, 뚝, 듣는 동백의 대가리들,
선혈의 천둥
난타가 지나간다.

―「채와 북 사이, 동백 진다」전문

「채와 북 사이, 동백 진다」에서 서경과 서정은 조화롭게 배
합되기보다 여백의 서경 속에 서정이 우뚝 직립한다. 서경 또
한 서정 속에 우뚝 직립한다. 서경은 서정에 함몰되지 않고 서
정은 서경에 함몰되지 않는다. 그럼으로써 그 각각은 인과관계

로 묶이면서 생생하게 살아난다. 정념을 동반한 감각은 천둥처럼, 난타처럼, 한순간 휘몰아쳐 폭발한다. 서경과 서정의 찰나적 공존이다.

「채와 북 사이, 동백 진다」에서 시인은 시각적 심상인 '달'을 청각적 심상인 '북'으로 옮겨 놓는 전이적 상상력을 펼친다. 이 복합적이고도 공감각적인 심상은 시인에게 각별해서, 훗날 달과 북을 합성한 '달북'이라는 이름으로 노작문학상을 수상하는 「달북」(『쉿!』, 문학동네, 2006)과, 2014년의 「달북」(『달북』, 시인동네)으로 지속적으로 구체화된다. 「채와 북 사이, 동백 진다」에서 '북'이었던 달은 "만개한 침묵", "덩어리째 유정한"(2006년의 달) 어머니의 말씀이거나 "그 마음 다 안다"고 위로하는 "귀엣말"(2014년의 달)로 재구성되는 것이다.

인용한 시에서 달은 소리꾼의 '소리북'이다. 지리산을 "발원한 사내"인 소리꾼으로, 섬진강을 "긴" 소리로, "중천에 높이 걸린" 달을 북으로 한 비유는 발군의 독창적 상상력이 고전적 미학과 어우러져, 득음의 경지에 이른 명창의 소리만큼이나 범속을 초월한다. 원숙함과 독창성의 어우러짐이다. 그런데 "미친 향기의 북채"를 '동백'으로 보는 시집 해설은 그리 개운한 분석이 아니다. 제목에서 보다시피 '채와 북 사이'로 '동백'이 지는데 그 동백이 '채'라는 해석은 논리적으로 맞지 않아서이다. '향기'는 사방 천지에 가득하지만 손에 잡히지 않듯, 동백의 "대가리들"을 난타하며 죽음을 불러오는 채가 무엇인지는 끝끝내 모호하다. 삶이 소멸의 근원인 자신의 죽음을 살아서 확인할 수 없는 것처럼, 채는 "선혈"이 낭자한 동백의 '주검들'만을 비린 감각으로 지상에 흩어놓을 따름이다. 황홀한 아름다움과 선혈이 낭자한 죽음이 등을 맞댄 상상력은 존재가 소멸을, 아름다움이 허무를 노래하는 황홀하도록 비극적인 상상력이다.

『동강의 높은 새』에서의 '길'은 "어디로든 가고 싶다, 가고 싶지 않다."(「물운대」)는 내적 갈등을 확인하는 여정에 다름 아니다. '길'은 "마음이 풀리니 다만 몸이 섞일 뿐"(「2월」)인 허허로운 영혼의 떠돎에서, "너의 이름, 나의 이름인 이 감옥"(「산행」)이 '자신과 함께 동행함을 깨닫는 결국으로 에돌며 이어진다. 하여 시인은 다음과 같이 노래한다.

네가 천리를 왔다고?

집 나설 때의 그 하늘이다.

−「먼 길」 부분

2. 그늘과 연민의 서정, 『쉬!』

"마음이 길을 놓고 몸이"(「발톱」) 그 길을 가는 떠돎은 실상 자신의 내면을 들여다보는 일이다. 문인수의 시는 고전 미학에 기댄 이러한 내면성의 서정으로부터 『쉬!』(문학동네, 2006)

에 이르러 '누대(累代)'에 걸쳐 펼쳐지는 타자들의 삶에 대한 연민의 서정으로 이행한다. 실제적 떠돎을 경험하는 유랑의 삶으로부터 보다 일상적인 삶으로의 회귀다. 앞서의 '길'이 세상의 경계 바깥을 떠도는 내면적 정서에 집중하게 만드는 매개물이라면, 『쉬!』에서의 '길'은 "생이 곧 길"(「벽의 풀」)의 의미를 갖는다. 이즈음 시인의 발길은 일쑤 바다에 가 닿는데, "고깃배"를 배경으로 하는 질기고 드센 삶의 역동성은 문인수의 시의 서정이 남성성에 기울어져 있음을 보여주는 방증이기도 하다. 이를테면 노동으로 다져진 "굵은 팔뚝이/ 태풍의 살을 깊숙이 틀어잡고(「꽉 다문 입, 태풍이 오고 있다」) 있는 장면 등은 그의 시에서 "대범하고 호방한"(엄경희) 정서를 불러일으킨다. 외설과 비속어가 섞인 질박한 시의 묘미가 부각되는 점도 이러한 지상에서의 삶이 갖는 현장성과 무관하지 않다.

"매화" 향기가 폭발한 곳에 동백의 낭자한 주검을 목도하듯, 길이자 생을 바라보는 시인의 시선에는 수사를 넘어서는 고통이 배어 있다. 요컨대 『쉬!』를 이루는 첫 번째 축은 '그늘'이다. 빛에서 어둠을 읽어내는 시선은 문인수의 시가 지닌 삶의 태도이기도 하다. 마음을 풀어 '길'에 몸을 섞듯, 그의 시는 늘 삶의 광명에 고통의 그늘을 섞는다. 이는 응어리진 상처의 비감함으로 생의 어두운 근본을 들여다보는 문인수 시의 깊이다.

광명에도 초박의 암흑이 발려 있는 것 같다.

전깃불 환한 실내에서 다시

탁상용 전등을 켜야 하는 경우가 있는데

그럴 때 분명, 한 꺼풀 얇게 훔쳐 감추는 휘발성분 같은 것

책이나 손등, 백지 위에서 일어나는

광속의 투명한 박피 현상을 볼 수 있다.

사랑한다, 는 말이 때로 한순간 살짝 벗겨내는

그대 이마 어디 미명 같은 그늘,

그런 아픔이 있다. 오래 함께한 행복이여.

—「그늘이 있다」 전문

    이 시는 일차적으로 "전깃불 환한 실내에서 다시/ 탁상용 전등을 켜야 하는" 생활 속 발견에 빚지고 있다. "광명에도 초박의 암흑이 발려 있는 것 같다."라고 느끼는 건 시인다운 예민한 감수성이다. 그러나 광명보다 그늘에 촉수가 예민한 감수성은 삶에서 광명보다 그늘을 많이 체험한 사람이기 십상이다. 시인은 광명에 내재한 "초박의 암흑"을 "그대 이마 어디 미명 같은 그늘"에다 비유한다. 날카로운 감수성이고 생의 부정성에 대한 음전하고 속 깊은 인식이다. 시는 "사랑한다, 는 말"이 그대에게 있는 그 '그늘'을 "때로 한순간 살짝 벗겨"낸다고 이야기한다. 여기에는 '그늘'로 환기되는 삶의 조건을 둘러싼 문인수 시의 시적 지향성이 암시되어 있다. 아흔이 넘은 "아버지를 안고" 환갑이 넘은 아들이 오줌을 뉘어드리는 「쉬!」와 같은 작품에는

이런 시적 지향성을 감지할 수 있는 단서가 들어있다.

　　그의 상가엘 다녀왔습니다.

　　환갑을 지난 그가 아흔이 넘은 그의 아버지를 안고 오줌
을 뉜 이야기를 들었습니다. 生의 여러 요긴한 동작들이 노
구를 떠났으므로, 하지만 정신은 아직 초롱 같았으므로 노인
께서 참 난감해하실까봐 "아버지, 쉬, 쉬이, 어이쿠, 어이쿠,
시원허시것다아" 농하듯 어리광 부리듯 그렇게 오줌을 뉘었
다고 합니다.

　　온몸, 온몸으로 사무쳐 들어가듯이 아, 몸 갚아드리듯 그
렇게 그가 아버지를 안고 있을 때 노인은 또 얼마나 더 작게,
더 가볍게 몸 움츠리려 애썼을까요. 툭, 툭, 끊기는 오줌발,
그러나 그 길고 긴 뜨신 끈, 아들은 자꾸 안타까이 땅에 붙들
어 매려 했을 것이고, 아버지는 이제 힘겹게 마저 풀고 있었
겠지요. 쉬―

　　쉬! 우주가 참 조용하였겠습니다.

　　　　　　　　　　　　　　　　　　　　　　―「쉬」전문

　　"생의 여러 요긴한 동작들이" 떠나버린 아흔의 노구는 굴
욕적이겠다. 말을 듣지 않는 몸과 달리 노인의 "정신은 아직 초
롱 같"아서, 자칫 왜소해진 그의 기품을 아무리 자식이래도 보

호하기란 여간 힘든 일이 아니다. 이에 환갑이 넘은 아들은 아버지에게서 받은 "몸"을 '사무치게 갚아드리듯' 부친을 안고 "농하듯 어리광 부리듯 그렇게 오줌을" 뉜다. 생의 그늘을 벗겨내는 "사랑한다, 는 말"이 아들의 능청스러운 번역을 거쳐 '농'으로, '어리광'으로 드러나고 있다. '농하다'는 실없이 놀리거나 장난으로 말하는 행위를 일컫는다. 그러나 사랑을 담은 농은 상대에 대한 연민을 직접적으로 드러내지 않고 감추기에 오히려 어떤 진지한 위로보다 강력하다. 또한 "툭, 툭, 끊기는 오줌발,"을 수명(壽命)을 함의하는 '끈'에다 비유함으로써 효성스러운 아들은 지상에 "붙들어 매려"하고, 그 아버지는 "힘겹게 마저 풀고 있"다며 상상하는 부분은 눈물겹도록 따뜻하다.

'농'하는 방식은 문인수 시의 말투가 가진 특징 중 하나다. 다음 작품은 타자의 고통에 충분히 공감하면서도 감정을 낭비하지 않은 채 연민의 정서를 잘 살려내는 시인 특유의 '농'을 선명히 보여준다.

어미와 새끼 염소 세 마리가 장날 나왔습니다.

따로 따로 팔려갈지도 모를 일이지요. 젖을 뗀 것 같은 어미는 말뚝에 묶여있고

새까맣게 어린 새끼들은 아직 어미 반경 안에서만 놉니다.

2월, 상사화 잎싹만한 뿔을 맞대며 툭, 탁,

골 때리며 풀리그로

끊임없는 티격태격 입니다. 저러면 참, 나중에라도 서로 잘
알아볼 수 있겠네요.

　지금, 세밀하고도 야무진 각인 중에 있습니다.

―「각축」 전문

　'각축'은 서로 이기려고 다투며 덤벼듦을 의미한다. 시골
장터에 "어미와 새끼 염소 세 마리가" 새로운 주인을 기다리고
있는 상황에서 벌어진 새끼들끼리의 각축이다. 아이들은 어디
서든 장난인지 싸움인지 툭탁대기 마련이니까. 어미와도 생이
별하고 "따로 따로 팔려갈지도 모를" 처지에 놓인 "새까맣게 어
린 새끼들"이 "상사화 잎싹만한 뿔을 맞대며 툭, 탁"거리고 있
는 것이다. 부모 초상을 치르다 놀이에 골몰한 철부지 상주처
럼, 불행을 불행으로 알지 못하는 천진한 무지(無知)에는 세상
을 먼저 알아버린 어른들을 슬픔에 빠뜨리는 무언가가 있다. 시
인은 이 염소 새끼들을 놓고 "골 때리며 풀리그로" 싸운다는 우
스개 같은 표현으로 연민의 감정을 에둘러 드러낸다. '골을 때
린다'는 말에는 뿔로 상대의 머리를 들이받는 새끼 염소들의 동
작이 포함되지만, 거기에는 이들의 정경이 기가 막히도록 측은
하다는 시인의 심리가 내포되어 있다.

　하지만 시인은 "저러면 참, 나중에라도 서로 잘 알아볼 수
있겠네요."라며 비극적 상황에 대해 슬쩍 눙친다. 그 눙치는 어
조가 연민과 동정의 차이를 만들어 낸다. 동정이 자기 우월성에

기반을 둔 감정이라면, 연민은 대상에게서 동질성을 느끼며 갖는 감정이다. 연민은 대상을 두고 '나가 너이고 네가 곧 나'라는 인식을 가진다. 그런 연민의 마음은 세속적 한계를 넘어 대상을 포용하고, 시를 읽는 독자의 마음을 붉게 물들인다.

3. 바닥의 서정, 『배꼽』

생존의 바닥에서 뒹굴며 살아가는 질펀한 삶이야말로 '절창'이라고 노래하는 시집. 동백꽃 질 때의 서정을 노래하던 시는 『배꼽』(창비, 2008)에 이르러 "늙은 연명"의 비명이 절창이라고 부른다. 이 시집에서 삶의 절망은 한층 빈곤하고 남루해진 형태로 나타난다. 가난과 고통을 실존의 조건으로 끌어안은 하층민들의 삶을 대변하는 이름이 바로 "늙은 연명"이다.

> 트럭 옆 땅바닥에다 조갯짐 망태를 부린다. 내동댕이치듯 벗어 놓으며 저 할머니, 정색이다.
> "죽는 것이 낫겄어야, 참말로" 참말로
> 늙은 연명이 뱉은 절창이로구나, 질펀하게 번지는 만금이다.
>
> ―「만금이 절창이다」 부분

하지만 "늙은 연명"을 누가 함부로 동정할 수 있는가. '죽는 것이 낫겠다.'는 탄식은 죽을힘을 다해 산다는 말이고, 죽기를 각오하고 힘을 쓴다는 건 죽을힘이 있다면 차라리 그 힘으로 살아가기를 그들이 선택했다는 뜻이다. 그러므로 처지에 공감하는 내밀한 관계의 사람들은 애써 상대의 고통을 위로하기보다 그 삶의 현장으로 내려가 그의 말로 자기 말을 삼는다. 예컨대 "참말로"라는 말을 받아서 "참말로/ 늙은 연명이 뱉은 절창"이라는 시인의 말은 조갯집 망태를 내동댕이치는 할머니의 어투를 그대로 따라 하는 방식이다. 「경운기 소리」나 「뻐꾸기 소리」, 「굿모닝」, 「녹음」, 「조묵단전(傳)-탑」 등에는 현장의 목소리 그대로가 육성으로 전달된다. "어무이, 이만할 때 고만 돌아가이소."(「조묵단전(傳)-탑」)와 같은 호래자식이나 할 법한 소리는 물론이고, "씨팔/ 언놈이냐!/ 애국이 다 뭐지? 그거, 몽땅 너 가져라."(「녹음」) 식의 육두문자도 서슴없다. 시인 서정춘의 가계와 생을 전(傳)의 형식을 빌려 노래한 「지네-서정춘전(傳)」에서도 "씨부럴/ 썩을 놈의 슬픔이 또, 온다, 간다"라는 육성이 나온다. 이들의 육성은 세상의 가청권에 들지 못하는, 대개의 경우 무의미한 욕설이나 희미하게 들리다 사라지는 혼잣말에 불과하다. 문인수의 시는 세상의 중심에 들지 못하는 이들의 목소리에 주파수를 맞춤으로써 "한마디로 똥"(「조묵단전(傳)-탑」)인 목숨들을 한 사람씩 뚜렷하게 불러낸다. "하층민, 피지배계급의 특수성은 희미하게 바닥으로 가라앉고 저마다 껴안고 살아온 실존의 조건, 인간의 문제가 전면에 떠오른다."(김양헌)라는 시집 해설은, 이렇듯 실존의 바닥에 육박한 시의 구체성을 짚어준 대목일 터이다.

　문인수 시의 결국은 '바닥'의 서정으로 귀결된다. 그렇더라도 그의 시는 대상을 불쌍한 존재로 인식함으로써 자신에게 무한한 책임을 부여하는 따위의 윤리적 관념과는 거리가 멀다. 그의 시는 대상과의 거리를 유지함으로써 타자의 타자성, 즉 대상의 고유성을 훼손하지 않는다. 모든 시적 대상은 언제나 '저'라는 지시어만큼의 거리를 가진다. "휴가 문제로 이런저런 궁리중"인 화자가 바라보는 "저 의자"처럼, 의자는 단지 의자로만 남을 뿐 대상을 바라보는 화자의 위치와 대상 간의 소실점이 없어지지 않는다. 자기동일성의 방식에 대한 생래적 거부, 이것이 문인수 시에 내재한 타자에 대한 공감의 자리이고 윤리다.

　장맛비 속에, 수성못 유원지 도로가에, 삼초식당 천막 앞에, 흰 플라스틱 의자 하나 몇날 며칠 그대로 앉아 있다. 뼈만 남아 덜거럭거리던 소리도 비에 씻겼는지 없다. 부산하게 끌려다지니 않으니, 앙상한 다리 네 개가 이제 또렷하게 보인다.

　털도 없고 짖지도 않는 저 의자, 꼬리치며 펄쩍 뛰어오르거나 슬슬 기지도 않는 저 의자, 오히려 잠잠 백합 핀 것 같다. 오랜 충복을 부를 때처럼 마땅한 이름 하나 따로 붙여주고 싶은 저 의자, 속을 다 파낸 걸까, 비 맞아도 일절 구시렁 거리지 않는다. 상당 기간 실로 모처럼 편안한, 등받이며 팔걸이가 있는 저 의자,

여름의 엉덩이일까, 꽉 찬 먹구름이 무지근하게 내 마음을 자꾸 뭉게뭉게 뭉갠다. 생활이 그렇다. 나도 요즘 휴가 문제로 이런저런 궁리중이다. 이 몸 요가처럼 비틀어 날개를 펼쳐낸 의자, 저기 잘 내려앉은 의자,

젖어도 젖을 일 없는 전문가다. 의자가 쉬고 있다.

—「식당의자」 전문

*

『나는 지금 이곳이 아니다』의 맨 마지막 페이지에는 「봄날은 간다, 가」란 작품이 실려 있다. 시의 내용은 이렇다. 흘러간 유행가를 즐겨 부르던 육친의 "세 누님"을 위해 시인은 '봄날은 간다'의 "제4절"을 썼다. 반백 년도 훨씬 전에 백설희가 불렀던 '봄날은 간다'는 그가 작사한 덕에 "등굽은 그 적막에 봄날은 간다."로 끝나는 4절을 갖게 되었고, 우리는 그 노래를 끝으로 시집을 덮게 된 것이다. 참 시인다운 작별 인사다. 직접 작사한 4절에서 시인은 "봄날은 결코 제 몸 앉혀둔 채 마저 간 적 없어, 느린 곡조로 저마다 또 봄날은 간다, 가"라고 적고 있다. 그의

말대로 하염없이 봄날은 간다. 누거만년(累巨萬年) 낮익은 죽음 또한 하염없이 간다. 낮익었으되 도무지 익숙해지지 않는 슬픔이 그렇게 가고 있다.

어제 도착한 오늘

1. 역병

어느 날 갑자기 도시 전체가 감옥으로 바뀐 곳에 S는 살았다. 여느 감옥살이와 다른 게 있다면 시민들을 가둔 건물이 대부분 그들의 집이었고, 시민들 스스로가 자발적으로 유폐를 선택했다는 점이었다.

> 이 병 여기서 얻었으니 이 몸 여기다 말뚝 박고 떠나거라
> 너희들 병 세상에 다 나누어 주고도 그 병에 괴로울 때
> 돌아와 이 말뚝에 묶이거라
> 사람들은 울면서 말뚝을 박고 떠나갔다.
>
> 말뚝에 묶인 도둑의 목에서는 끊임없이 흰 피가 흘러내렸다
> 가뭄의 땅 어디에 그렇게 지치지 않고 흐르는 물이 숨어
> 있었던가

먼길을 가는 사람들은 엎드려 마른 목을 축였다
물은 사람들의 입에서 입으로 세상끝까지 흘러갔다
마침내 예언은 실현되었는가
이 기적을 보려고 멀리서도 순례의 발길이 그치지 않았다.

이제 이 땅에도 오랜 역병이 그치고
해마다 풍년이 들리라

빙 둘러섰던 사람들 피뿌린 땅을 밟으며
다시 되돌아갔다
　　　　　－송찬호,「피뿌린 땅을 밟으며」(1992, 가을호) 전문

　S는 역병으로 일거리가 끊긴 탓에 찾아온 오후 다섯 시의
무료함을 달래기 위해 2층 사무실에서 창문과 장시간 대치 중
이었다. 눈 앞에 펼쳐진 풍경이라야 길 건너편 아파트의 베란다
창문들만 부담스러운 시선처럼 번쩍일 따름이었다. S는 105동
앞 놀이터를 하릴없이 내려다보았다. 아파트는 천팔백여 세대
가 넘어 제법 규모를 갖춘 데다, 입주민들 중에는 유치원생이나
초등학생 자녀를 둔 학부모가 많았다. 보통 때였다면 책가방을
맨 채 뜀박질을 하며 뒤엉켜 돌아가는 하굣길의 초등학생들로
한창 북적일 시간이었다. 놀이터는 별다른 놀이 기구 없이 족구
장만한 면적에 잔디색깔의 우레탄이 두텁게 깔려 있었다. 우레

탄 위로 구기 종목에 사용할 것으로 보이는 흰색 라인이 선명했다. 단체로 족구를 하거나 킥보드를 연습하기에 적합한, 차라리 소규모 운동장에 가까운 공간이었다. 보도와 경계를 짓느라 바깥쪽으로 까만 철책이 둘러져 있고, 철책을 따라 나란한 키 낮은 관목들 사이로 잎이 빈약한 교목들이 띄엄띄엄 자리 잡고 있었다. 어리고 왜소한 교목들은 이 아파트가 지어진 지 그리 오래지 않았음을 증명해 주었다.

놀이터는 물로 씻은 것처럼 조용했다. 인적이 드물기로는 S의 눈이 미치는 사방 어디나 마찬가지였다. 이처럼 적막한 공간을 주목했던 한 시인을 S는 떠올렸다. '해 질 때까지 누군가와 놀아주기 위해' 그는 멀리 떠나버린 사람이기도 했다.

> 심심하겠다 운동장은 이 여름방학을 저토록 혼자서 하얗게 지키고 있으니, 하얗게 혼자서 놀고 있으니 가서 해 질 때까지 내가 함께 놀아주어야겠다
>
> ─정진규, 「해 질 때까지」(1993, 가을호) 부분

역병에 대한 공포가 엄습하자 S가 사는 도시의 시민들은 최대한 외출을 자제하는 분위기였다. S가 사는 도시를 봉쇄한다는 말이 아주 잠깐 뉴스를 탔다. 분통을 터뜨리는 사람들도 있었지만, 대부분은 코웃음을 쳤다. 거미줄처럼 사방으로 뻗어 있는 게 길이고 도로였다. 어디를 어떻게 막겠다는 건지, 도무

지 감이 잡히지 않았다. 게다가 전국 어디에나 그들의 혈육이 구석구석 터를 잡고 살고 있었다. 극단적으로 이기적이거나 얼빠진 인간이 아닌 바에야, 자기가 소중하게 여기는 이들에게 위험한 노릇을 자초할 사람은 없었다.

S에게 가장 먼저 안부를 물어온 건 인근 도시에 살고 있는 언니였다. 가깝거나 먼 곳에서 몇몇 지인들이 걱정을 담은 메시지를 전해 왔다. 서울에 살고 있는 친구가 보낸 택배 박스에는 쌀과 김치, 냉동식품과 캔에 든 저장식품들, 손 세정제, 그리고 KF 94 인증 마크가 찍힌 마스크가 열 장 들어 있었다.

"이런 건 SNS로 남들한테 자랑 좀 해야 하는데……"

농담처럼, S는 친구에게 전화로 고마움을 대신했다.

역병조차도 사람들을 완전히 침묵시킬 수는 없었다. 이 도시에 살고 있는 S의 지인들은 대부분 안정된 직장을 가진 선량한 사람들이었다. 그들은 SNS를 통해 "전 세계 10대 미술관 박물관의 온라인 무료 전시"라든가 "국립극단 온라인 상영회"라는 제목 아래 그곳에 입장할 수 있는 유튜브 채널을 수시로 링크해서 보내왔다. 초성만 보고 맞추는 속담, 오늘의 간편 요리, 각종 심리 테스트 등을 공유하며 깔깔거리기도 했다. 역병이 돌아도 당장 생계를 걱정할 필요가 없고, 아직은 환자를 가족으로 두지 않은 데서 오는 여유였다.

"그러니까 우리는 밥 잘 먹고, 잠 잘 자고, 손 잘 씻고, 예쁘고 차분하게 기다리면 되는 거지요?"

　시민들은 눈이 침침할 정도로 보고 또 보았다. 신문과 텔레비전과 노트북 화면과 휴대폰 액정 속에서, 들것에 실려 나간 사람들이 가족과 무전기로 숨 가쁜 대화를 나누다 죽어간다는 소식이 들려 왔다. 그러나 다른 화면에서는 트로트 가수가 전화로 신청곡을 받아 즉석에서 열창을 하고, 해외 직구를 대신해준다며 홈쇼핑이 대박을 치고, 드라마 속의 남편이 치사하다 못해 죽일 놈이 되고, 정치인들이 리얼 브라이어티만큼 흥미진진한 쇼를 펼쳤다. 이상했다. 피를 뚝뚝 흘리며 검붉어야 하는데, 현실은 지극히 잡다하게 산만하고 시끄럽기만 했다.

　그 사람들이
　들것에 실려 나간다

　(…)

　텔레비전이
　그 사람들을 넣고 국을 끓인다
　참 양념도 많지
　텔레비전 아래 제상 같은 밥상을 놓고

그러다 냉동실 문을 열고

나는 얼린 생선을 꺼내 놓는다

얘가 어디 갔지?

엘리베이터는 자꾸만 죽음을 재단해다

대문 앞에 부린다

바람이 왔어요

문 열어 보세요

커다란 직육면체 바람이 냉동실 문을 쿵쿵 때린다

언 생선을 녹이자 피가 나왔다

도마 위가 피로 흥건하다

　　─김혜순, 「언 생선을 녹이자 피가 나왔다」(1992, 가을호) 부분

2. 감각

긴급하게 환자를 이송하는 듯싶은 앰뷸런스의 사이렌 소리가 섬뜩한 나날의 연속이었다. S가 사는 도시의 직장인들은 이전과 달리 퇴근 시간에 맞춰 서둘러 재빨리 귀가했고, 학교와 학원에서 놓여 나 신이 난 아이들은 하루 종일 방구석에 틀어박혀 씻고 자고 밥 먹는 시간을 제외하고는 휴대폰을 손에서 놓지 않았다.

참으로 오랜만에 온 식구가 둘러앉은 저녁 식탁에서 S가 사는 도시의 시민들은 뉴스를 시청했다. 신규 확진자와 사망자 숫자가 실시간으로 비상등처럼 켜진 TV에서는 이들이 살고 있는 도시의 텅 빈 거리와, 저 홀로 전등불빛만 횅한 번화가를 며칠째 계속해서 보도하고 있었다. 시민들은 타인의 사진 속에 우연히 찍혀 있는 자신의 모습을 보는 기분으로 화면을 응시했다. 익숙한 장소들이 신기하고 낯설게 다가왔다. 그러한 느낌은 계엄군처럼 그들의 집 문밖에 바싹 들이닥친 공포가, 현실적이고 구체적임에도 어딘지 추상적인 면과 닮아 있었다. 그날 밤, S는 오래전 읽었던 카뮈의 소설책을 꺼냈다.

사실 재앙이란 모두가 다 같이 겪는 것이지만 그것이 막상 우리의 머리 위에 떨어지면 여간해서는 믿기 어려운 것이 된다. 이 세상에는 전쟁만큼이나 많은 페스트가 있어 왔다. 그러면서도 페스트나 전쟁이나 마찬가지로 그것이 생겼을 때 사람들은 언제나 속수무책이었다. (…) 전쟁이 일어나면 사람들은 말한다. "오래가지는 않겠지. 너무나 어리석은 짓이야." 전쟁이라는 것은 필경 너무나 어리석은 짓임에 틀림없을 것이다. 그러나 그렇다고 해서 전쟁이 오래가지 않는다는 법도 없는 것이다. 어리석음은 언제나 악착같은 것이다. 만약 사람들이 늘 자기 생각만 하고 있지 않는다면 그 사실을 깨달을 수 있을 것이다.

―알베르 카뮈, 『페스트』

"만약 사람들이 늘 자기 생각만 하고 있지 않는다면"이라는 구절에서 S는 읽기를 멈추었다. S에게는 사람들이 너무나 자기 자신에 몰두한 나머지 막연하게 살다가 터무니없이 죽어간다는 소리로 읽혔다. 자기 자신에게 몰두하면 할수록 세계는 더욱 추상적이기 마련이었다. 허상에 불과한 세계를 상대로 피 흘리던 싸움에서 끌려 나와 다짜고짜 흙 속으로 내던져질 때를 제외한다면, 사람들에게 세상은 지독하게도 유의미한 감각을 결여하고 있었다.

사실 전쟁 대신에 페스트를, 페스트 대신에 21세기의 역병을, 21세기의 역병 대신에 죽음이라는 단어를 사용한다고 해서 달라질 건 없었다. 처음부터 죽음은 초지일관 보편적이었다. 하지만 카뮈의 말마따나 사람들은 늘 겸손할 줄 모르고, 그래서 사업을 계속하고 여행을 계획하며, 제각기 의견을 지닌 채 재앙으로부터 단 한 번도 자유로운 바 없이 영원히 자유롭게 살아갈 것이었다.

연인들, 누군가와 다정하게 귤을 까먹는다
연인들, 누군가와 만나기 위해 선물을 산다
연인들, 누군가와 헤어지기 위해 돌아선다
연인들, 사람들 사이에서 신발을 숨긴다
전쟁이 계속되고 있다는

사실을 아는 사람들이 모르는

사람의 귀를 긁으며 골목의

아이들을 잊는다 여자와 싸운

남자가 창가와 대치하고 선다

감원 당한 남자가 집을 반대한다

여러 사람이 달린다 사과를

떨어뜨린 사람이 당황하며 선다

연인들, 집에 기를 고양이 한 마리를 산다

연인들, 리본을 하나 산다 아니 둘 산다

연인들, 시계전문점에서 새로 나온 시간을

연인들, 금주에 나온 추리소설을 산다

그 속으로 천천히 들어간다

아무도 죽었다는 소문은 없었다

죽은 사람은 자리를 비웠다

거리에는 가로수가 푸르고 집 나온

순자는 잠깐 옷을 벗었다 전쟁은

잔인하지 않고 전선에서 산비둘기가

구구구 울었다 사람들은 떨어지는

황사를 피하지 않고 길을 갔다

—오규원, 「연인들」(1992, 가을호) 전문

계절을 알리는 꽃이 화려하게 피고 졌다. S가 있는 곳은 나무가 많은 동네였다. 짧은 봄이 지나자 사람들의 발길에 묻어오거나 바람에 날려 온 꽃잎들이 복도 여기저기에 쓰레기로 뒹굴었다. S는 지구를 청소하려면 무엇부터 먼저 치워야 할까를 생각해 보았다. 역병의 불길이 잦아들면서 사람들은 조바심을 냈다. S가 세든 건물의 사람들도 하나둘 가게 문을 열고 쌓인 먼지를 털었다. 역병이라는 이름으로 인간이라는 바이러스를 퇴치하려던 지구의 백신은 약효가 급속히 떨어진 눈치였다.

그날 밤, S는 읽다 만 책을 다시 펼쳐 들었다. 그리고 죽음에 감염된 한 시인의 고백을 읽었다. 시인은 이렇게 말하는 것 같았다. 죽음에 감염된 절망이 없다면, 어떻게 현실 앞에서의 환멸이 가능할 것인가.

그렇다면, 집행 유예된 삶을 살아온 셈인데⋯⋯
결국 죽음이 집행 유예된 삶을 우리는 살고 있는 것이지요
대단한 철학자이거나 아니면 무관심한 의사는 위로하듯
덧붙였다
이 위로가, 도대체 소용이나 있는 것일까?
병이, 온통 내 삶을 뒤집어놓기까지.
나는 도저한 고통과 절망의 수렁에서 캄캄한 심연을 본다
그리고 끊어질 듯 질기디질긴, 생존이라는 끈에 매달린
내 존재를 들여다보게 되는 것이다
거기, 컴컴한 동굴 속 같은 내 일생에, 어떤 빛이 저쪽 어

디선가

    희미하게 빛나는 곳까지, 내 불행은 깊어졌다

    어느 날엔가, 내 존재가 저어기 어딘가의

    빛의 세계로 나아갈 때까지,

    내 육체는 고통스러워야 할 것이다

    그리곤 보게 될 것이다. 그 휑하니 뚫린 뿌우연 세계의

    아무것도 없음을, 그 심심할지도 모를 평화를……

—엄원태, 「병상일기 3」(1992, 가을호) 부분

새벽에 S의 꿈속에 죽은 사람이 찾아왔다.

"잘 지내지?"

'서럽지도 않은데 자꾸 눈물이 나.'

그러나 S는 아무 말도 하지 않았다.

젖은 풀밭 같은 꿈을 밟고 죽은 사람이 돌아갔다.

L 씨께

1. 이미자와 누런 건빵 봉지와 作亂

다락에 올라간 아이가 이것저것 물건을 뒤지고 놀다 맛보는 기쁨을 누리고 있는 요즈음입니다. 누렇게 변해버린 『시와 반시』를 머리맡에 쌓아두고 있습니다. 휴식과도 같은 시간이 찾아오면 손에 닿는 과월호를 순서도 없이, 되는대로 펼칩니다. 눈에 띄는 시나 비평문을 만나기도 하지만 대부분은 '어제'의 작가를 만납니다. 예전에는 그(녀)가 이렇게 썼구나, 라고 느끼는 경우가 더 많은 거지요. 그러나 당신의 「부질없는 옛노래」처럼 작품을 만나는 때도 있습니다. '끌림'을 경험하는 순간이라고 해야겠네요. 제가 독자가 되는 시간입니다. 그렇습니다. 비평가도 시인도 모두 한때는, 아니 언제까지나 독자이지요.

1
때로는 이미지가 노래 불렀다.

붉은 동백섬 떴다, 갈앉았다.

때로는 누우런 황소가 진흙길을 밟고 갔다.

처덜뻑- 처덜뻑- 처덜뻑- 칠뻑

질펙한 산모롱이 구름이 꽃을 그렸다.

그려진 질펙한 꽃, 다시 졌다.

어디로 가는가 어디로 가는가.

길 없는 들끝을 지나 누렁소가 갔다.

보이지 않는 강을 건너 누렁소가 갔다.

누군가 소를 몰고, 누군가 소를 때리고

음메- 음메- 음메- 음메

2

때로는 땀에 절인 여자가 내 두 손을 꼭 잡았다.

누우렇게 찌든 건빵 한 봉지를 건네주며

종이쪽지 같은 치맛자락으로 눈물을 닦았다.

애야, 애야, 내가 네 아비를 만나 너를 낳았고,

네 할미가 네 할아비를 만나 네 아비를 낳았더니라.

낳고, 낳음이 얼마나 끈질긴 作亂이더냐.

뱀풀이 뱀풀을 낳고, 더북쑥이 더북쑥을 낳은 것

그 밖의 다른 罪目은 없었더니라.

바람이 불고 더북쑥이 우쓱거렸다.

빈 길에 코를 붙이며 빈 길이 줄지어 엎어졌다.

어머니― 어머니―

3

그슴츠레한 호롱불이 춤추는 밤

감꽃이 떨어져 쌓이는 밤

그 밤이 지나, 또 다른 그 밤

흐느끼며 李美子가 노래 불렀다.

울부짖어 내 누이가 노래 불렀다.

아버지― 아버지― 제발 그러지 마세요.

헛간에 숨은 새앙쥐를 너무 두들기지 마세요.

*

으스러지고, 또 일어서는

새까만 동백섬

핏물 같은 동백꽃잎, 뚝뚝 떨어졌다

아버지― 아버지― 제발 그러지 마세요.

구린내 나는 그 건빵 봉지 위에다 詩를 적지 마세요.

달빛이 흘러 문풍지를 사르는 밤

아버지가 시를 쓰고,

누이의 노래가 잠드는 밤.

　　ㅡ이승욱, 「부질없는 옛노래」(『시와반시』, 1993, 가을호) 전문

　　이 시는 서사와 이미지의 병렬적 점묘를 통해 시적 정황을 제시하고 있습니다. 이러한 묘사를 통해 당신이 얻고자 한 진실은 무엇이었을까요? 저는 시에 사용된 단어 세 개가 이 시 전체의 이미지를 결정한다고 봅니다. '황소'와 '이미자'와 '건빵 봉지'가 그것입니다. 세 단어 모두 시대를 반영하지만, '이미자'의 노래가 가져다주는 정서와 '누우렇게 찌든 건빵 봉지'가 함의하는 군사 문화의 환기력은 결정적입니다. 언젠가 저는 어느 글에서 "그때의 부모 나이가 되어서 확인하는 뽕짝의 정서란 천덕스럽고 청승맞고 구성지다. 이것은 다시 말해 삶이 그토록 서럽고 쓸쓸하며, 천연덕스럽다는 말이기도 하다."라고 쓴 적이 있습니다. 「부질없는 옛노래」 속, '이미자'의 노래가 주는 정서가 바로 그러합니다. 게다가 '건빵 봉지'라니요. 국방색으로 점철된 군사 문화를 함의하는 객관적 상관물로 이보다 더한 사물이 다시 있을까요. 당신은 단출한 단어 세 개로 지난 시절 우리 모두의 자화상을 또렷이 그려놓았네요. 신현림은 「세월, 갈 테면 가라지요」에서 이렇게 말했습니다.

사라진 어제를 향해

"그래, 네 맘대로 가라"문을 열었다 닫는 순간

팔십년대의 그림자가 피걸레처럼 뒹굴고

　　　　　　　　　－신현림, 「세월, 갈 테면 가라지요」 부분

　시의 '문을 열었다 닫는 순간' 어느 시대가 '피걸레처럼' 뒹
군다면 그 시는 시대를 초월한 걸까요, 아니면 당대에 묶인 걸
까요? 전 시가 당대의 흔적을 직접적으로 드러내지 않은 채 세
대를 초월해야만 오래 살아남는다고 늘 생각해 왔습니다. 어쩌
면 당대의 흔적이 시의 '구체성'이 아니라 지나친 '사실성'이라
고 여겨온 모양입니다. 하지만 제 생각이 짧았음을 고백해야할
지도 모르겠습니다.

2. 그리고 아버지

　아버지, 아버지… 썹새끼, 너는 입이 열이라도 말 못 해

　　　　　　　　　　　－이성복, 「그해 가을」 부분

　한국 현대시의 '폭력적 가족 서사'에는 이성복 시의 저 비
속어가 당당히 자리합니다. 저는 육두문자를 내뱉은 주체가 아
들이 아니라 아버지가 아닐까, 가끔 궁금해지곤 해요. 그러나

아무래도 '씹새끼'가 가리키는 대상은 아버지여야 합니다. 아버지를 향한 아들의 저 거침없는 언사가 아니고서야 상징계를 대표하는 대타자의 전형, 즉 '아버지'를 그동안 우리가 어떻게 견뎠겠어요. 그러니 이성복 시의 비속어가 아들의 것이라는 해석에는 대타자를 살해하고 싶은 우리들의 욕망이 고스란히 투영되어 있겠습니다.

그렇더라도 '폭력적 가족 서사'의 주체는 누가 뭐래도 아버지지요. 다음 소설 속의 권위적이고 강압적인 아버지처럼 말입니다.

> "뭐야. 이놈의 자식. 네가 나를 훈계하는 거얏!"
> 말이 떨어지기 무섭게, 아버지의 손바닥이 성규의 볼때기를 후려쳤다. 옆에 있던 어머니의 쉿소리가 그의 뺨에 달라붙었다.
> "또박또박 말대답하는 것 좀 봐."
>
> ─최일남, 「흐르는 북」 중에서

아들의 뺨을 후려치는 아버지의 행동과 그런 남편을 말리기는커녕 오히려 아들을 나무라는 어머니의 냉정한 태도가 보기 영 불편합니다만, 이들 부부의 난폭한 훈육 방식은 낯이 많이 익은 모습입니다. 마찬가지로 한국 현대시에서 아버지의 폭력과, 아버지의 폭력을 사주하는 어머니의 모습, 그리고 그들을

향한 자식의 증오는 그다지 낯설지 않습니다. 가족 간의 폭력
은 가족 개개인의 정체성과 인격의 문제로 내면화하면서 가족
이 얼마나 끔찍한 굴레로 작동하는지를 누누이 강조합니다. 이
승하 시의 주체는 아버지의 학대에 못 이겨 정신병에 걸린 누이
때문에 자기도 미쳐버릴 지경이지요.

　　　술병을 깨들고 외치고 싶었다 웃통을 벗고서
　　　심판할 테야, 너한테 폭력을 가한 우리 아버지를!
　　　폭력을 사주한 우리 어머니를!
　　　　　－이승하, 「병든 아이－에드바르트 뭉크의 그림 1」 부분

　　상처로 산산조각 난 가족 간의 균열이 매끈하게 봉합될 가
능성은 희박해 보입니다. 앞서 당신이 시에서 쓴 것처럼 "낳고,
낳음이 얼마나 끈질긴 作亂"인지요.
　　이러한 이승하 시의 증오까지는 못 미치더라도 여타 시에
서의 '아버지'는 대다수 비애와 냉소의 대상입니다. '마음이 가
난한' 사람들을 사랑한 이타적 사랑의 시인조차 '부정적 아버
지'의 형상화에서 비껴갈 수 없었나 봅니다. 정호승의 다음 시
를 보세요.

　　　너는 오늘도 아버지를 미워하느라 잠 못 이루고
　　　끊었던 담배를 다시 피우고

술을 사러 외등이 켜진 새벽 골목길을

그림자도 떼어놓고 혼자 걸어가는구나

―정호승, 「겨울 부채를 부치며」

이 시에서 표면적 화자는 '아버지'입니다. 자신을 '미워하느라 잠 못 이루고' 있는 아들을 걱정하는 아버지지만, 그가 '그저'를 반복하며 미리 써놓은 '유서'를 보세요. 아들과 아버지 사이의 거리는 도무지 좁혀질 가능성이 없어서, 읽는 우리를 우울하게 만듭니다.

이 세상에 더 이상 남길 것은 없다

나는 그저 간다

어디로 가는지 나는 모른다

좀 있다가 목이 마르면

그저 물이나 한잔 마시다가

너도 너 혼자 어디로 가라

―정호승, 「미리 읽어본 아버지의 유서」 부분

주지하다시피 한국 현대시사는 아버지라는 명칭을 통해 이 땅 존재들의 근원을 수용해 왔습니다. 백 명의 시인이 있다면 시 속에는 백 명의 다양한 '아버지'가 존재하는 거지요. 장석주는 이렇게 고백합니다.

누구나 고통스럽게 쓴다

자기가 살았던 만큼

누구도 자기가 살았던 것 이상으로 쓸 수는 없다

아버지는 내가 쓴 환멸의 문장

빗속에 장화를 신고 서 있는 문장

　　　　　　　　　　　　　－장석주,「장화를 신은 문장」

　　그러나 한국 현대시에서의 아버지가 이렇듯 부정적인 모습이기만 한 건 아닙니다. 애증(愛憎)의 대상이기보다 애정(愛情)의 대상인 행복한 아버지는 때로 가부장주의의 긍정적인 면모를 간직한 아버지로 등장하기도 합니다. 가령 이시영 시인은 아버지의 유품을 통해 '아버지'라는 신화를 우리들에게 보여줍니다. 아버지가 생전에 쓰시던 모자를 들고 나오면서 "오늘부터 이 모자는 내가 쓰겠다"(이시영,「모자」)라고 단호하게 선언하는 화자의 '오촌당숙'에게서 우리는 '의발'이 아닌 '아버지'라는 이름의 위엄과 아름다움이 면면히 "승계"(김사인)됨을 확인합니다. 또한 "당신이 걷던 길, 당신이 심은 초목, 당신이 사랑한 숙명의 땅 임곡리, 당신의 손때 묻은 자잘한 가재도구들이 하얀 소복을 하고 있었다."(강현국,『고요의 남쪽』)라며 애통해하던 아들은 다음과 같은 사부곡(思父哭)을 지어 당신 영전(靈前)에 드립니다.

벽에 걸린 아버지, 툇마루에 나앉아 빈집 시키시는, 하얀…,

—강현국, 「여백」 부분

점잖고 나이 든 아버지의 반대편에는 피가 절절 끓는 철부
지 젊은 아버지도 있지요. 어머니와 "염소막에서 배꼽을 맞추
고 야반도주"한 후 "나 낳은 사람"인 엄마를 두고 군대로 간 '아
버지'(박형권, 「털 난 꼬막」)가 아무리 대책 없기로서니, 미워
할 수야 있겠습니까. 이 "거친 야생의 사랑이 있어서 화자의 시
고 떫고 차고 뜨거운 생도 가능"했을 테니까요.

물론 21세기 들어 시에서의 '아버지'는 자본주의에 편입
된 기표답게 점점 속되고 사소해집니다. 성(聖)보다는 속(俗)
에 가까워진 21세기의 아버지는 "노래방에서 하루종일 살"아
가는 아들 보란 듯이 "실내 낚시터에서 돌아오지 않"(함성호,
「56억 7천만 년의 고독」)는 무기력하고 권태로운 삶을 살아가
기도 하는군요. 자식들도 언제까지나 어리거나 젊지만은 않습
니다. 세월이 흘러 장성한 자식들은 김혜순 시의 화자처럼 "당
연히 잡아먹으려고" 자식들을 키운 아버지에게서 결국 자신을
발견합니다.

우리는 자라서 아버지를 길렀다

당연히 빗자루로 쓰려고

우리는 아버지를 들고 나가 마당을 쓸었다

가끔 눈도 치웠다

봉당 아래 쭈그려 앉아 담배를 피우는 아버지

날마다 머리숱이 적어졌다

저 빗자루 안에 들여놓아야지!

가까이 다가가 보니 거기 머리숱 적어진 내가

담배를 피우며 돌아보고 있었다

—김혜순, 「Delicatessen」 부분

　늙은 부모에게서 자신의 모습을 발견하는 일은 부모를 향한 칼이 방패로 바뀌는 부조리한 경험입니다. 그러니 시간이 멈추지 않는 이상, 부모에 대한 자식의 대결 의지는 끝끝내 패배를 감수해야만 합니다. 나아가 이제 자식은 부모를 품어 안습니다. 환갑을 지난 아들이 아흔이 넘은 아버지를 안고 오줌을 뉘는 모습을 두고 시인은 이런 절묘한 표현을 합니다. "툭, 툭, 끊기는 오줌발, 그러나 그 길고 긴 뜨신 끈"(문인수, 「쉬」)이라고 말이지요. 부모의 목을 겨누었던 칼이 부모를 지키는 방패가 되고, 그 방패가 어느새 부모와 자식을 이어주는 '뜨신 끈'으로 변해 있습니다. 모든 부자 관계가 이렇게 마무리될 수만 있다면, 세상만사는 어제저녁 끝난 텔레비전 연속극처럼 '어쩌면 해피엔딩'이겠습니다.

이쯤에서 제가 가장 선호하는 '아버지' 아니 '아베'를 소개할까 합니다.

뻔질나게 돌아다니며

외박을 밥 먹듯 하던 젊은 날

어쩌다 집에 가면

씻어도 씻어도 가시지 않는 아베 발고랑내 나는 밥상머리에 앉아

저녁을 먹는 중에도 아베는 아무렇지 않다는 듯

-니, 오늘 외박하냐?

-아뇨, 올은 집에서 잘 건데요.

-그케, 니가 집에서 자는 게 외박 아이라?

집을 자주 비우던 내가

어느 노을 좋은 저녁에 또 집을 나서자

퇴근길에 마주친 아베는

자전거를 한 발로 받쳐 선 채 짐짓 아무렇지도 않다는 듯

-야야, 어디 가노?

-예……, 바람 좀 쐬려고요.

-왜, 집에는 바람이 안 불다?

그런 아베도 오래 전에 집을 나서 저기 가신 뒤로는 감감

무소식이다.

—안상학, 「아베 생각」 전문

그러고 보니 안상학 시의 화자가 사용하는 '아베'라는 호칭은 당신의 시 「臨終」 속의 부름과 닮았습니다. 「臨終」에서 화자는 "두려운 禁忌"였던 부친의 주검을 앞에 놓고 마치 초혼의 의식을 치르는 상주처럼 거듭해서 '아부지'를 부릅니다.

버쩍 마른 명태 한 종발

床 위에 떠 있고,

그 뒤에 희끄무레한 屛風, 경계가 서 있고,

또 그 뒤에 나의 아버지라는

두려운 禁忌가 누워 있었다.

눕기 전에 그는 두 손으로 밥을 먹었고,

허공을 향해 먼 神에게 長文의 電文을 보냈고,

가방을 챙기는 아들의 머리를 이유 없이 쓰다듬었다.

누우런 건빵 봉지 위에다 답사한 세상을 기록했고,

그 세상을 가리켜, 아무런 註釋도 안 했다.

이어질 듯 이어질 듯 꺼져가는 목소리로, 누군가

저 혼자 피 묻은 노래 부르고, 누군가

저 혼자 피 묻은 노래 그치고,

어디론가 구부러져 가는 지친 길이 울먹여

그 길은 붉고, 그 길은 노오랗고, 그 길은

하아얗고, 그 길은 까아맸다.

*

아부지요– 아부지요– 아부지요

　　　　　－이승욱, 「臨終」(『시와반시』, 1993, 가을호) 부분

　아버지를 부르는 목소리에서 묻어나는 흙내 나는 사투리 때문일까요? 안상학 시의 '아베'도, 「臨終」 속의 '아부지'도 왠지 읽는 사람을 목메게 만드는군요. 이 '아버지' 뒤에 가부장제의 모순과 폐해를 굴레처럼 짊어졌던 '어머니'가 있음을 굳이 덧붙인다면, 맥락에서 너무 멀리 벗어나는 이야기일까요?

　"그러나 당신은 죽지 않으셨습니다. 당신은 영원히 사십니다. / 왜냐하면 당신 안에서 우리가 숨 쉬고 움직이며 살아가기 때문입니다."

　기원전 6세기에 에피메니데스가 쓴 「크레티카Cretica」라는 시의 일부입니다. 이 대목은 크레타의 왕 미노스가 자기 아버지인 제우스에게 하는 말이라는군요. 제우스가 불멸의 존재이듯, 세상 모든 존재자들이 '숨 쉬고 움직이며 살아가는 한 '아버지'라는 이름이 가지는 의미는 영원하겠습니다.

　당신의 시를 만난 덕분에 거칠게나마 현대시 속의 '아버지'

를 일별할 기회를 가졌습니다. 한국 현대시에서의 '아버지'는 값진 전통이 물려준 아우라, 그리고 신군부가 생산해낸 정치적 역사와 무관하지 않습니다. 개인사적인 자기모멸과 몸을 뒤섞기도 하는 이 '아버지'는, 민중사적 관점에 예민한 시인의 작품일수록 흔히 상징계의 표상으로서 폭력적 가족 서사의 악역을 도맡곤 합니다. 개별적 아버지와 정치적 아버지의 상이 겹칠수록 부정적이 되고, 두 상이 멀어질수록 긍정적이 된다고 여겨지지만, 사실 시에서의 '아버지'는 모순적이고 복합적이며 아름다우면서 한편으로 끔찍합니다. 우리가 맞닥뜨린 대부분의 진실처럼 말입니다.

무언가가 환멸스러우면서 그립고, 쓸쓸하고도 눈물겨운 밤입니다. 휴대폰에서 흘러나오는 이미자의 '동백 아가씨'가 거의 끝나가는군요. 전 이미자의 노래는 들으며 감상하기보다 노래방에서 부르기를 더 좋아한답니다. 노동요처럼 흥얼거리는 지금의 제 노랫소리를 들려드릴 수 없어서 아쉽습니다. 내내 평안하십시오.

오늘, 우리는 이런 시가 필요합니다

재앙을 동반한 뉴밀레니엄 시대를 상상한 적은 한 번도 없었어요. 불행하게도 예상은 보기 좋게 빗나간 듯싶습니다. 그어느 때보다 경제적으로, 심리적으로, 정치적으로 불안정한 시대를 통과하고 있으니까요. 우리네 삶을 자꾸만 불우한 쪽으로 몰고 가는 질병이라든가 정치라든가, 이 모든 현실적 조건들이 불안과 공포라는 히스테리를 불러옵니다. 질병의 감염과 신체적 규제, 오도된 정치가 일상화된 현실 속에서의 생존이란 그어느 때보다 진정한 용기를 필요로 하는데 말입니다.

불쑥, 독자이기도 한 저는 질문해 봤습니다. 이런 시기일수록 시가 위로와 위무의 힘을 발휘해야 하지 않아? 그러므로 '새천년 이후 우리 시가 나아갈 방향' 같은 유의 진지하고 무거운 주제는 조금쯤 미뤄두기로 합시다. 지금은 성찰보다 치료가 필요한 시간. 우리의 소소하고 평범했던 일상이 가장 아름답고 긍정적인 의미로 호명되어야 마땅한 순간이니까요.

그녀는 보고 있네

생선과 야채를 싣고 골목길을 달리는 트럭을

트럭이 끽, 급브레이크를 밟을 때

파랗게 질리는 골목의 마른 입술과

기우뚱거리는 지붕들과

아무 일 없다는 듯 뿌연 흙먼지 속에

옷을 털며 뛰노는 아이들을

연립주책 2층 베란다에 앉아

半身不具의 떨리는 손으로 고추를 다듬으며

그녀는 보고 있네

한낮이 저녁으로 바뀌는 짧은 시간

전봇대 아래 엎드린 늙은 개와

두리번거리는 허공의 낯선 눈동자와

옆집 감나무 잎새에 살랑이는

윤나는 바람을

바람이, 아주 멀리서 온 바람이

조용한 못물같이 골목길을 출렁이면

왜 이래, 내가 왜 이러지?

가슴을 다시 두근거리며

처녀처럼 둥글게 부풀어 오르고

그때, 우편배달부처럼

오토바이를 탄 죽음이

아 오늘도 집 앞을 그냥 지나는 것을

　　ㅡ전동균, 「그녀는 보고 있네」(『시와반시』, 1999, 가을호) 전문

　연립주택 2층 베란다에 앉은 '그녀'가 "半身不具의 떨리는 손으로 고추를 다듬으며" 골목길을 내려다보고 있네요. 그녀의 눈에 비친 골목길 풍경이 꽤 밝고 명랑합니다만, 언제나처럼 오늘도 "생선과 야채를" 실은 트럭이 지나가고, "뿌연 흙먼지 속"에서 아이들이 뛰노는 모습은 흔하고 상투적입니다. 그러나 그녀의 눈에 비친 이 일상 속 풍경은 생생하고 각별합니다. 흔하디흔한 골목길은 그녀의 감각과 인식이 가 닿자마자 구석구석 건강한 현장성을 가지며 싱싱하게 부풀어 오르는 것 같습니다.

　익숙하고 평범한 대상을 살아있는 상태로 특별하게 경험하는 그녀의 능력은 저승길이 멀지 않았다는, "한낮이 저녁으로 바뀌는 짧은 시간"을 살아가는 개별적이고 구체적인 상황 맥락에서 발생합니다. 사실 골목길 풍경이라는 대상과 상황은 객관적으로 존재할 따름입니다. "조용한 못물같이 골목길을 출렁이"는 건 "옆집 감나무 잎새에 살랑"이다 불어온 바람과 상관없이, "처녀처럼 둥글게 부풀어오"른 그녀의 마음 덕분일 테지요. 도심의 마천루와 거리가 먼 주택가 삶의 양식들에서 드러

나는 온순하고도 따뜻한 일상에 그녀는 감동합니다. 감동하는 그녀의 순정에 우리의 마음도 덩달아 감동합니다. 그러고 보면 마음의 감각만큼 힘이 센 것도 없습니다. "오토바이를 탄 죽음" 조차 멈추지 못하고 그냥 지나칠 수밖에 없을 만큼 강력하지요.

저녁 밥상에 오를 찬거리를 실은 트럭과 마을의 낡은 지붕과 흙먼지 속의 아이들과 키 큰 전봇대와 늙은 개와 바람에 살랑거리는 옆집의 감나무 등이 연립주택 2층 베란다에 앉은 반신불구의 그녀와 섞이고 어우러져 우주 속의 모든 유기체가 하나로 연결되어 약동하고 있다는 감동을 불러일으킵니다. 제 마음의 감각도 조금은 강해진 걸까요? 그래도 이희중 시의 화자만큼은 아니겠어요.

저 동쪽 낮고 먼 마을에 두 다리를 내어 걸친
방금 비 그친 여름 해 질 무렵, 무지개를 보았네
나는 급히 차를 멈추고 담뱃불을 붙였다네
어떻게 저 놀라운 것을 나 혼자 보고 말 수가 있나
걱정 많은 나는 세상 사람 아무도 모를 것 같아
여기저기 전화를 거는데 혹 받지 않기도 하고
혹 쓸데없이 잘난 체하지 말고 빨리 오라고 하네
아니, 잘난 체가 아니라 말이지,
지옥의 하찮은 술 약속 때문에
저 보기 힘든 것을 그냥 지나칠 수 있나

태어나서 여태껏 나는 무지개를 너댓 번만 보았으니

남은 생애에 또 그만큼밖에 보지 못할 텐데

이, 나무들이 제 빛을 지키는 흑백의 지옥에서

저건 스쳐 가는 하늘나라의 빛깔

조심스러워라 구름이 조금만 비껴도 이내 사라지고

내가 한 발을 옮겨놓아도 보이지 않을 수 있네

나는 세상에 생기고 지는 고운 것들을 다 볼 수 없고

곱고 아름다운 것들이란 언제나 그렇듯이

예기치 않는 순간에 잠깐 왔다가는 것이어서

나는 다만 담배 하나 더 꺼내며 바라볼 뿐이었다네

　　　─이희중, 「내 생애의 무지개」(『시와반시』, 1999, 가을호) 전문

　이 시의 화자가 무지개를 먼저 발견하고 그 후에 담뱃불을 붙인 게 얼마나 다행인지요. 아니었으면 "방금 비 그친" 하늘 한편에 내 걸린 무지개가 반가운 나머지 하마터면 아이쿠! 하면서 담뱃불을 떨어뜨렸을지도 모르니까요. 무지개를 본 화자는 곧 "어떻게 저 놀라운 것을 나 혼자 보고 말 수가 있나"하는 생각에 여기저기 전화를 돌립니다. 그런데 전화기 저편의 사람들 반응 좀 보세요. 하기야 심드렁해하는 그들의 모습이 하나도 이상하지 않습니다. 우리라도 그랬을 테니까요. 실용성과 거리가 먼 것에 환호하는 사람들이 딱해 보이고, 잡지도 못할 무용한 무지개보다는 오늘 저녁의 확실한 술자리에 시간과 노력을 쏟

아야 한다고 우리는 믿으니까요.

　이곳은 "나무들이 제 빛을 지키는 흑백의" 견고한 세상입니다. 색깔도 다양한 무지개는 우리를 잠시나마 그런 무료하고 경직된 현실로부터 해방시켜줄 "놀라운" 사건입니다. 체험하고 싶다고 체험할 수 있는 사건도 아닙니다. 화자 역시 "곱고 아름다운 것들이란 언제나 그렇듯이/ 예기치 않는 순간에 잠깐 왔다가는 것"이라고 말하지 않습니까?

　"구름이 조금만 비껴도 이내 사라지고" 말 '찰나'의 무지개가 하늘에 떠 있는데, 떠 있다고 전화를 걸어오는데, 우리는 "지옥의 하찮은" 것들에 집중하느라 전화를 놓치고, 무지개를 보라고 권하는 사람에게 잘난 척한다고 핀잔을 주며, "술 약속" 따위로 빡빡한 우리들의 삶에 코를 박고 정신없이 살아갑니다. 초월이나 일탈은커녕 그런 행동을 수용할 만한 여유나 너그러움조차 찾기가 쉽지 않은 거지요. 저는 마음의 감각이 탁월해서 세속으로부터 자신의 영혼을 높이 들어 올릴 줄 아는 이 시의 화자에게 '마음의 근육 맨'이라는 별명을 붙여주겠습니다. 그리고 한마디로 시는 이 마음의 근육이 튼튼하지요. 시 한 편을 더 읽어보겠습니다. 현실적이고 도구적인 일상 속에서 낭만적이고 자율적인 삶을 살아가려는 근육 맨이 여기에 또 한 사람 존재합니다.

　　마흔이 넘어서도

시를 쓰다니,

여름밤하늘

온 골짜기 헤매는

도깨비불꽃

개똥벌레는 무엇을 찾아

짧은 여름밤 헤매이며 반짝이는가

저처럼 넋을 잃고

시를 찾아 날아다니던 젊은 시절

나는 무엇으로 반짝이던 개똥벌레였던가

깊어가는 여름밤

수염도 없이 늙어가는

인문학의 밤

나는 또 무엇을 찾겠다고

온 책을 헤매는 도깨비불꽃인가

살아간다는 것은

저무는 한 세기를 바라보며

시를 쓴다는 것은

아름다운 삶의 무늬를 찾아 헤매는 황홀함이리니

오래 헤맬지로다

내 어둔 밤 인문학의 푸른 혼령

　　　－엄국현, 「개똥벌레」(『시와반시』, 1999, 가을호) 전문

"마흔이 넘어서도" 시를 쓴다고 하면 혹자는 골방에 틀어박힌, 이상과 낭만에 젖은 인물을 먼저 떠올릴지 모르겠습니다. 물론 이상과 낭만을 무턱대고 무시할 이유는 없습니다. 어쨌든 자신이 찾아 헤매는 '시'는 인문학이라고 화자는 말합니다. 학문이라면 왠지 무겁고 딱딱한 느낌을 주는 게 사실이고요. 사전은 인문학을 자연과학과 대립되는, "인간과 인간의 근원 문제, 인간과 인간의 문화에 관심을 갖거나 인간의 가치와 인간만이 지닌 자기표현 능력을 바르게 이해하기 위한 과학적인 연구 방법에 관심을 갖는 학문 분야로서 인간의 사상과 문화에 관해 탐구하는 학문이다."라고 정의합니다. 좀 더 요약하자면 인간의 가치와 인간의 자기표현에 대한 탐구 영역이겠고, 시로 말하자면 '나는 누구인가?' '나는 어떻게 살아야 하는가?'에 대한 시 쓰기라고 할 수 있겠습니다.

세속적 욕망의 추구나 실현과 거리가 먼 인문학적 행위를 화자는 "도깨비불꽃"과 "개똥벌레"에 비유합니다. 인화(燐火)나 인혼(人魂)으로 불리는 도깨비불은 흔히 사람의 혼으로 알려져 있습니다. 자신의 몸이 발광기관인 개똥벌레와, 스스로의 주검을 태우는 도깨비불은 깜깜한 세상을 홀릴 듯한 "황홀함"으로 타오릅니다. 꼬리를 끌며 날아다닌다는 이 "푸른 혼령"들이 있기에 시에서의 "짧은 여름밤"이 길고 아름다운 밤이 될 것만 같습니다. 하지만 아쉽게도 날이 밝았네요. 이승옥 시인과 골목길을 함께 쓴다는 어느 '목수'의 수상한 외출을 소개하며 이 글을 마무리할까 합니다.

> 내가 골목길을 어정거릴 동안
> 무슨 일로 바삐 대문을 열고 나오는 목수
>
> "오늘은 일하러 안 갔어요?"
> 목수에게 묻는다
>
> "안 갔시유, 오늘은.
> 형제끼리 사이가 안 좋아서 못 갔시유."
> 내가 묻지도 않은 일까지 목수는 얼른 대답하고
> 물 건너 공사장, 함바집으로 부리나케 달려간다
> 그가 내팽개치고 가는 좁은 층계참에 봄볕 가득하다
> 저 집에는 그의 이쁜 딸과 수척한 아내가 사는데,
> 집에 아무도 없나? 되묻고 싶을 때
> 베란다의 화분 몇 개 꽃을 접어, 내게 보인다
> 자랑자랑 피아노 소리 금세 그 꽃잎 속에서 걸어 나온다
>> ─이승욱, 「지나가는 슬픔 · 48-빈 날의 염화시중」
>> (『시와반시』, 1999, 가을호) 전문

　"지나가는 슬픔"이라지만, 시인은 어째서 제목에 '슬픔'이란 단어를 넣은 걸까요? 어느 가정이고 조금쯤 속 썩이는 자식

과 병약한 아내 정도의 고통은 있을 법한데 말입니다.

목수는 아들 형제가 싸우는 바람에 오늘 일을 대차게 접은 눈치입니다. 세 끼 밥을 위한 돈벌이가 문제가 아닐 정도로 성이 난 모양입니다. 아니면 홧김에 자기도 고된 노동으로부터의 일탈을 감행하는 걸까요? 그래 봤자 기껏 집을 "내팽개치고" 간다는 게 "물 건너 공사장, 함바집"이 고작입니다. 진짜 일을 쉬겠다는 건지, 집 안에 있는 제 식구들 들으라고 일부러 하는 말인지도 헷갈립니다.

투박한 충청도 말씨에 어딘가 능청스러워 보이는 이 가장의 모습에 우리네 삶이 고스란히 겹쳐집니다. 시가 가진 공감 영역이 바로 이런 부분이지요. 우리 모두도 누군가의 여물지 못한 아들이고 딸이었습니다. 그랬던 우리가 가족이란 짐을 너끈히 짊어진 목수처럼, 어느새 누추한 삶을 유산으로 물려줄 부모가 되어 있네요.

목수의 집엔 "봄볕 가득"하고, "이쁜" 딸이 두드리는 피아노소리가 "자랑자랑" 정겹기만 합니다. 형제 녀석들 말썽이야 생각하기에 따라 심각하다면 심각하고, 우습다면 우습기도 하지요. 때문에 우리는 그가 함바집이 있는 공사장으로 부리나케 출근했다고 믿을 밖에요.

세 가지 고통과 한 가지 거짓말

1. 선한 사람들의 고통

성서의 인물들 중에서 '고난'을 상징하는 이는 '욥'이다. 좀 더 정확히 말하자면 욥의 고난은 그의 선함에서 비롯한다. 그는 땅 위의 존재로서는 완전에 가깝도록 매우 선한 자였고, 그의 선함이 고난받는 이유였기 때문이다.

"우스 땅에 욥이라 불리는 사람이 있었는데 그 사람은 온 전하고 정직하여 하나님을 경외하며 악에서 떠난 자더라."(「욥기」1장 1절)라고 구약의 욥기서는 기록한다. 이같이 흠 없고 순결한 인간의 운명을 놓고 벌인 하나님과 사탄 사이의 일방적인 내기를 우리의 머리로 이해하기란 불가능하다. "논리가 깨어나는 순간 신화는 과학이 된다"지만, 논리를 초월하기에 성서는 끝끝내 신화가 되기를 거부한다. 다만 욥의 경우처럼, 지독한 삶의 고통이 자주 그 이유를 알 수 없다는 점에서 인간의 운명은 부조리하고 불합리하다.

성서에 의하면 사탄은 하나님에 대한 욥의 부정을 이끌어 내기 위해 여호와께 두 번 요구한다. "주의 손을 펴서 그의 모든 소유물을 치소서. 그리하시면 틀림없이 주를 향하여 욕하지 않겠나이까."(「욥기」 1장 11절) 성서는 하나님이 이를 허락했다고 기록한다. 욥은 모든 소유물과 자식들을 한꺼번에 잃지만 여호와에 대한 믿음을 잃지 않는다. 하나님 앞에 나아간 사탄은 두 번째로 다음과 같이 요구한다. "가죽으로 가죽을 바꾸오니 사람이 그의 모든 소유물로 자기의 생명을 바꾸올지라. 이제 주의 손을 펴서 그의 뼈와 살을 치소서. 그리하시면 틀림없이 주를 향하여 욕하지 않겠나이까."(「욥기」 2장 4절-5절) 성서는 "사탄이 이에 여호와 앞에서 물러가서 욥을 쳐서 그의 발바닥에서 정수리까지 종기가 나게 한지라 욥이 재 가운데 앉아서 질그릇 조각을 가져다가 몸을 긁고 있"(「욥기」 2장 7절)다고 기록한다. 욥은 드디어 "구더기 같은 사람, 벌레 같은 인생"(「욥기」 25장 6절)으로 전락하고 만 것이다.[1]

왜 선한 사람들이 고통받는가?

「욥기」의 주제가 반드시 '바로 이것'이라고 자신할 수는 없지만, 우리는 이 주제로부터 결코 자유롭지 못하다. "죽은 여자의 몸 낭하에서" 아우슈비츠의 수많은 죽음을 목도하고, 존재

---

[1] 성서는 이 모든 시험이 끝난 뒤에 욥이 하나님으로부터 넘치도록 복을 받아 행복한 삶을 살다가 죽는다고 기록한다. 이 글이 욥의 고통을 신학적으로 해석하는 것과는 별개로 인용하고 있음은 물론이다.

를 낳는 존재이나 스스로는 비본래적 존재로 평생을 살다 "하늘로 가는 죽은 엄마들"을 슬퍼하는 시인처럼.

슬픔의 노래 들으며 겨울여행 보러 과천 현대미술관 가네
밤의 공중전화가 일러준 날짜에 맞춰

저녁마다 집으로 돌아와 허물처럼 옷을 벗으면
그 옷들의 심령이 가는 나라, 묻지 마라
밤마다 이불 속에서 천년 묵은 잠이 돌아 누울 때
묻지 마라, 오늘 저 거리의 나, 나, 나가 걸어서
떠나간 그 나라

그러나 이 남자들
여자의 몸 속에서 태어나서
여자의 몸 속으로 다시 돌아갈 그들
그러나 여전히 여자의 몸 속에서
젖은 옷을 벗어 밖으로 던지며 우는 그들

그가 아우슈비츠 가스실 밖에 던져진
옷을 하나씩 하나씩 몸 속 뼈마디에 걸고 있다
그가 여자의 몸 속 피로 얼룩진 방을
눈물 젖은 옷으로 찬찬히 닦고 있다

그가 살 속으로 들어오는 기관차를 건너

가려고 여자의 몸 속 레일을 타 넘고 있다

양파처럼 나날의 옷 다 벗기우고 가스실로 떠난 여자

파도처럼 울렁이던 그 살옷을 붙안고 있던 것

무엇이었는지

그가 촛불을 켜들고

죽은 여자의 몸 낭하에서 그것을 찾고 있구나

미술관 밖 숲으로 나오자

땅 위에 뚝뚝 찍히는 수많은 새의 그림자들

미농지같이 얇은 날개 달고

하늘로 가는 죽은 엄마들의 그것!

거품보다 얇고, 태아보다 작은,

이제 나무꾼에게서 옷을 찾은

수많은 여자들이 하늘 가득 몰려가네

엄마, 엄마 도대체 뭘 낳으신 거예요?

나, 일생의 옷 다 벗고 남은 그것!

무당이 넋 올릴 제 꼬물꼬물 오려놓은 종이여자 같은 것!

그것에다 그가 촛불을 들이 대네

나무꾼처럼 아직도 내 옷을 꺼내주지 않고

촛불처럼 몸 속에서 두근거리네

* H. M. Gorecki
** Christian Boltanski, 1997. 2~4 국립 현대 미술관 전시회 제목.
*** 채호기 제3시집 제목

　─김혜순, 「고레스키, 볼탕스키, 채호기-나무꾼과 선녀」

　　　　　　　　(『시와반시』, 1997, 가을호) 전문

　이 시는 얼핏 '살의 존재론적 윤리학'이라고 불리는 김혜순 시의 여성주의적 시각 위에 아우슈비츠의 참상을 겹쳐놓는다. "어머니에게 오줌을 누고/ 옷을 벗기고 뺨을 때리고/ 돼지처럼 구석으로 몰아대고/ 엉덩이를 때리"(김혜순, 「달이 꾸는 꿈」 중에서)는 악몽은 이 시에서도 여전히 되풀이된다. 죽어서야 겨우 존재의 옷을 되돌려받는 어머니, 어머니, 어머니들. 시에서의 '어머니'는 버림받고 내침 당하는, 상처 입고 살육당하는 모든 존재들을 상징한다.

　한편으로, 제목에 나열된 인물들 중 크리스티앙 볼탕스키 Christian Boltanski는 프랑스를 대표하는 현대 미술가다. 2차 세계대전이 막바지로 치닫던 1944년의 파리, 볼탕스키는 유대인 아버지와 프랑스인 어머니 사이에서 태어났다.

　"유대인들이 강제수용소로 끌려가던 1941년 어느 날 밤, 볼탕스키의 부모는 동네가 떠들썩하도록 다툰 다음 아버지는 마루 밑 비밀창고로 숨어들었고, 어머니는 관청에 남편의 가출신고를 했다. 볼탕스키가 태어난 뒤 동네 사람들의 따가운 시선을 받아내야 했지만, 어머니는 식구가 모두 살아있음에 안도했다. 그 후 가족은 뭉쳐 다녔고, 12세에 학교를 그만둔 볼탕스키는 주중에는 의사인 아버지와 함께 병원에서, 주말이면 소설가이자 공산당원인 어머니와 문화예술인들의 모임에서 시간을 보냈다.

매일 아침 병원에서 그저 세상을 관찰하던 소년 볼탕스키는 대로를 지나는 사람들을 세기 시작했다. 한 명, 두 명, 세 명…. 그러다 600만 명이 됐을 때 그는 중얼거린다. "모두 죽었다." 유대인 수용소에서 죽은 사람이 600만 명이라는 사실을 그는 그렇게 이해하려 했다. 그는 아티스트가 된 후, 전쟁 속 죽음을 넘어 보편적인 죽음이라는 근원으로 들어갔고, 거대한 집단학살이 반복되는 인간의 역사를 꿰뚫어 보고자 탐구했다."[2]

인용한 글을 통해 우리는 이 미술계의 거장이 시도했던 탐구가 무엇이었는지 대략적이나마 짐작할 수 있다. 하지만 그의 탐구가 끝이 났을 것 같지는 않다. 시인과 볼탕스키의 관점에서 보자면 죄 없는 '욥의 고통'은 일회적 사건이 아니다. 그것은 끊임없이 변형 반복되어 온 인류의 보편적인 테마라고 할 수 있다.

---

[2] 경향신문의 인터뷰에서 발췌했다고 출처를 밝히고 있는 이 글의 출처는 '네이버(작성자 자인제노)'이다.

2. '빈손'으로 남은 고통

자신의 한계를 인정하는 사람들은 완전무결한 욥보다는 파렴치한 욕망의 주체자 야곱에게서 삶의 동질성을 발견한다. '야곱'이라는 이름은 '뒤에 있다', '발꿈치를 잡다', '밀어젖히다', '속여 넘기다'는 뜻을 지닌 '아카브'에서 유래한 말로서, '발뒤꿈치를 잡은 자'란 뜻을 가지고 있다. 이름이 암시하듯, 야곱은 형 에서를 대신해서 아버지로부터 장자의 축복을 가로챈 인물이다. 그는 팥죽 한 그릇으로 형 에서의 장자 자리를 사고, 눈이 먼 아버지를 속이면서까지 형이 받아야 할 장자의 '축복'을 차지한다.

야곱과 에서 형제 중 거짓말쟁이 야곱이 승승장구하는 대목은 다음과 같다. 형과 아버지를 상대로 사기를 친 그는 훗날 장인이자 외삼촌이기도 한 라반을 속여 재산을 교묘하게 불린다. 특유의 악착스러움으로 천사와의 씨름에서 이긴 그는 마침내 하나님의 축복을 받아 믿음의 조상으로 우뚝 선다. 속임수로 점철되는 집요한 욕망의 추구가 신의 축복을 불러오는 야곱의 서사는 얼마나 충격적인가? "자유의지와 책임, 죄책감, 죄악 이 모두를 '선'의 선결 조건으로 만드는 기독교의 도덕이 서구인들을 연약하고 수동적으로 만들어 왔다고 최종적으로 결론을 내렸던 니체"라면, 야곱이야말로 윤리적인 교리에 맹목적으로 복종하는 사람과는 거리가 먼, 평범한 인간의 맨얼굴을 하고 있다고 생각할지도 모르겠다.

그러나 말년에 이른 야곱이 애굽의 왕 바로 앞에서 한 고백은 인생의 결국이 비극임을 보여준다. 성서는 나이를 묻는 바로에게 야곱이 다음과 같이 대답했다고 기록한다.

> 야곱이 바로에게 아뢰되 내 나그네 길의 세월이 백삼십 년이나이다 내 나이가 얼마 못 되니 우리 조상의 나그네 길의 연조에 미치지 못하나 험악한 세월을 보내었나이다 하고
>
> —「창세기」 47장 9절

'내 나그네 길'이라는 야곱의 표현은 인생을 은유하는 단순한 수사가 아니다. 실제로 그는 형을 속인 죄로 고향을 떠나 평생을 타향에서 떠돌아야 했고, 사랑하는 아내 라헬과 막내 요셉을 객지에서 잃었다. 간교한 자의 연속된 승리로만 비치는 인생의 순간순간이 '험악한 세월'의 궤적에 지나지 않았다는 고백은 재현된 승리 뒤에 존재하는 은폐된 공백, 즉 험악하고 허무한 인생이라는 인과적 결과물을 극적으로 현시(顯示)한다. 갈릴리 바다에서 "밤이 새도록 수고하였으나 잡은 것이 없"(「누가복음」 5장 5절)던 지치고 가난한 어부 베드로처럼, 그악스럽도록 거머쥐고자 하나 남은 건 하찮고 타락한 것들을 잠시 쥐었다 놓쳐버린 빈손이다. 그러므로 '행복이란 죽음 곁에 머무는 것'임을 통찰한 시인은 야곱보다 조금 일찍 현명하거나 불

행한 사람이다. "희망도 절망도 욕망도 끈질긴 유혹도", 그 무
엇도 내려놓을 준비가 되지 않은 자의 빈손은 또한 얼마나 끔
찍한 고통인가.

벤자민과 소철과 관음죽
송사리와 금붕어와 올챙이와 개미와 방아깨비와 잠자리
장미와 안개꽃과 튜울립과 국화
우리 집에 와서 다 죽었다

죽음에 대한 관찰일기를 쓰며
죽음을 신기해하는 아이는 꼬박꼬박 키가 자랐고
죽음의 처참함을 바라보며 커피를 마시고
음악을 듣는 아내는 화장술이 늘어가는 삼십대가 되었다

바람도 태양도 푸른 박테리아도
희망도 절망도 욕망도 끈질긴 유혹도
우리 집에 와서 다 죽었다

어머니한테서 전화가 왔다
별일 없냐
별일 없어요

행복이란 바로 이런 것

죽음 곁에서

능청스러운 것

죽음을 집안으로 가득 끌어들이는 것

어머니도 예수님도

디오게네스도

우리 집에 와서 다 죽었다능청스러운 것

죽음을 집안으로 가득 끌어들이는 것

어머니도 예수님도

디오게네스도

우리 집에 와서 다 죽었다

　　　　　　　　　　　　　—유홍준, 「우리 집에 와서 다 죽었다」

　　　　　　　　　　　　　　　　(『시와반시』, 1998, 가을호) 전문

3. '그림자'를 잃어버린 고통

안데르센의 동화 「그림자」는 '그림자'에게 자신의 모든 것을 빼앗긴 학자가 나온다. "북쪽 나라 출신인 어떤 대단한 학자가 남쪽 나라의 어느 마을로 이사 오던 날"로부터 시작되는 이 이야기는, 억압받는 욕망을 상징하는 그림자에게 지위를 뺏기고 살해당하는 섬뜩한 자기파괴를 다루고 있다.

> 놀랄 일은 또 있었습니다. 해가 뉘엿뉘엿 넘어가는 시간 등불을 켜면 그림자가 다시 늘어나 벽을 타고 어른거리지 않겠습니까. 그제야 학자는 사태를 파악할 수 있었습니다. 남쪽 나라에서는 저녁이 되어야 생명이 꿈틀거린다는 것을 말입니다. 그리고 보니 땅거미가 짙어진 뒤에야 삼삼오오 집 앞으로 몰려나온 사람들이 수다를 떨고, 술집과 여인숙은 노랫소리, 웃음소리, 말다툼 소리로 가득하며, 미사를 알리는 종소리가 은은히 울려 퍼지곤 했던 것입니다.
>
> ─안데르센, 「그림자」 중에서

학자가 살던 북쪽 나라와 달리 남쪽 나라는 이성이 기울고 감성이 살아나는 밤이 되어야 사람들이 생기를 되찾는 나라다. 수다와 노랫소리 웃음소리 말다툼 소리, 미사 행위 등은 실용적인 세계와는 거리가 먼, 그러나 인간이 본래적으로 향유하기를 원하는 세계에 속한 것들이다. 안타깝게도 학자는 자신의 그림자가 넘어가는 경계 저편으로 조금도 나아가려 하지 않고 현실 질서에 편입된 규제와 논리와 억압의 경계 이편에 머무른다. "어라, 살아 있는 건 내 그림자뿐이네!"라고 그림자가 자신의 부정적 욕망을 반영하는 거울이 아니라 본질을 대신하는, 아예 본질이기까지 한 독자적인 힘이 있음을 깨달으면서도 말이다. 그

결과는 '대단한 학자가 무용하고 힘이 없을 것 같은 그림자로 말미암아 죽었다'로 요약할 수 있다. 학자의 죽음이 조금도 의외가 아닌 것이, 그림자는 우리의 삶 속 어디에나 있고 그 형태도 실로 다양하다. 이를테면 다음의 시는 안데르센의 '그림자'를 '구두'로 바꿔놓고 있다.

구두 꿈을 꾸던 그녀는 아직도
가끔 구두 꿈을 꾸는데

빨간 구두 까만 구두
반짝거리는 구두 반짝거리지 않는 구두
발에 맞는지 안 맞는지
신었다 벗었다
꿈속을 헤매는데

머리 감았니 손톱 깨끗하게 다듬었니
침대에 올라오기 전에 발 닦았니
부산에 전화했니

난데없는 구두 소리가 그녀의
구두 꿈을 자꾸 흔드는데

구두 꿈에서 막 깨어나

아직도 몽롱한 여자가

자기 옆에 누워 있는

구두를 바라보는데

구두들은 다 어디 갔니

묻는데

—성미정, 「구두들은 다 어디 갔니」(『시와반시』,

1998, 가을호) 전문

　　머리를 감고 손톱을 다듬고 발을 닦고 부산에 전화를 거는 행위는 평준화된 현실 순응형의 삶을 의미한다. 아마도 화자가 꾸는 '구두 꿈'은 기성의 삶에 대한 반항과 거절을 넘어 보다 심원한 본성에 가 닿으려는 창조적 충동일 터이다. 특히 '구두'가 주체의 몸을 지탱하는 두 발을 넣고 어딘가로 이동하는 도구라는 점에서, '구두 꿈'은 기존의 세계를 이탈하려는 무의식적인 힘으로 작용한다.

　　하지만 시의 화자는 "자기 옆에 누워 있는 구두"를 보면서 "구두들은 다 어디 갔니"라고 묻는다. '구두'로 표상되는 창조적이고 불온한 욕망이 부정되는 순간, 화자가 택할 수 있는 길은 하나뿐이다. 그것은 곧 욕망 그 자체를 부정하는 형태로 나타날 수밖에 없다. 고통은 여러 가지 모양으로 나타나지만 우리

는 늘 손쉬운 해답을 선택한다. 주어진 해답 가운데 '단 하나의'
거짓말인 줄도 모르고.

'지금' 작가입니까?

　신춘문예의 계절이 돌아왔다. 어째 자장면이라고 부르면 짜장면 본래의 맛이 영 살아나지 않는 것처럼, 신인문학상보다는 신춘문예, 신춘문예보다는 '新春文藝'가 익숙한 느낌이신지… 그렇다면 당신은 구세대에 속할 가능성이 높다. 어쨌든 우리는 해마다 신춘문예의 계절이 돌아왔다고 생각한다. 물론 등단과 관련한 생각의 저변에는 일간 신문사가 주관하여 상금을 걸고 문학 작품을 공개 모집하여 새내기 문학 작가를 등단시키는 등단 제도는 물론이려니와, 각종 문학지의 신인문학상 제도까지도 포함하는 게 일반적이다.

　소설가 김연수는 글쓰기에 관한 산문집에서 "매일 글을 쓴다. 그리고 한순간 작가가 된다. 이 두 문장 사이에 신인(新人), 즉 새로운 사람이 되는 비밀이 있다."라고 쓴 적이 있다. 현실과의 괴리가 없진 않으나 모종의 진실을 매혹적으로 포착한 말이라 여겨진다. 하지만 이 말에는 '등단'이라는 절차가 누락되어 있다. 신문사나 잡지사에 투고를 해본 경험이 있는 사람들이라면, 그래서 발표의 순간까지 가슴 두근거리며 기다려본 경험이 있는 사람들이라면, '한순간 작가가 된다.'는 말이 터무니없는 비약임을 안다. 어딘가에서, 혹은 누군가에게 창작 지도를 받는 습작의 과정을 모조리 생략하더라도 등단하기까지의 과정은 지리멸렬하고 험난하다. 투고의 과정만 해도 그렇다. 웬만한 사람이라면 일단 우체국에 가서 원고가 든 우편물을 부치는 데서부터 용기가 필요하다. 봉투에 '○○응모'라는 글자를 큼지막하게 써놓은 탓에, 무심한 우체국 직원의 눈빛도 제풀에 낯 뜨겁기만 하다. 그 후에도 천재적인 재능을 갖춘 사람이 아닌 다음에야 본심은커녕 예심에도 오르지 못한 자신의 실력을 확인하는 쓰라린 경험은 필수적이다. 시대에 뒤처졌고 비효율적인 일에 '진심'인 사람이라 여기는 주위의 따가운 눈총도 결코 만만치 않다. 개중 어떤 이는 이런저런 우여곡절 끝에 마침내 합격 소식을 전하는 전화를 받는다. 수많은 응모작 중 자신의 게 가장 뛰어났다는 통보를 받은 것이다. '나'는 여전히 '나'인데, 어제의 '나'가 아니다. '한순간' 작가가 된다는 말이 날아오를 듯 체감되는 순간이다.

   일견 신춘문예가 상징하는 '등단'이란 제도는 글쓰기의 본질과 거리가 멀어 보인다. 글쓰기의 근본은 주체의 내면을 유지할 수 있도록 하는 형식이자, 주체가 세상과 거리를 둘 수 있는 무엇보다 유효한 수단이기 때문이다. 우리는 글쓰기의 재료를 삶으로부터 빌려오지만, 실상 삶으로부터 최대한 멀리 도망하기 위해 글쓰기를 한다. 세상을 홍진(紅塵)에 비유하며 자연과의 친화적 은둔을 통해 세속의 부정성을 비판하던 동양의 인문적 전통과, "연애를 찬미하였고 생활의 기쁨과 슬픔과 고뇌를 노래하였으며, 때로는 예술지상주의자가 되었고, 때로는 탐미주의자가 되기도" 했다던 저 서양의 근대적 서정은 자유로운 정신이 추구하는 현실의 탈각(脫却)이란 점에서 맥이 닿아 있다. 그리고 현실을 탈각하려는 이 유구한 문학적 전통에서 현대의 문학인들 역시 크게 벗어나지 않는다. 그런데 왜 우리는 문학적 권위의 상징이기도 한 제도적 장치를 승인하면서 기꺼이 등단을 하려하고 또 등단을 한 걸까?

개인적인 이야기를 지면에서 하려니 민망하지만 주제가 '등단'이라는 핑계를 대본다. 비평이라는 '노동'의 고됨으로부터 탈출하기 위해 몇 번인가 인터넷을 뒤진 적이 있다. 그때마다 나와의 경쟁에서 본심에 올랐던 사람들의 이름을 검색하곤 했는데, 안타깝게도 그들 중 누구도 다른 곳으로 등단을 했거나 지면에 발표하는 이외의 방식으로라도 문학 활동을 하는 이는 없는 듯싶었다. 기우일지 모르겠으나 등단의 벽을 넘지 못하고 그들이 글쓰기를 포기했을지 모른다는 가정을 하노라면 내가 느끼는 비평의 고통이 엄살만 같고, 까닭 모를 부끄러움과 자괴감이 엄습하곤 했다. 고백건대 적어도 내겐 등단 이후의 비평 활동이, 그들의 몫까지 함께 감당해야 마땅한 문학적

복무이기도 했다. 하지만 어떤 이들은 등단과 동시에 작품 발표를 마다한 채 사라지기도 한다. 이 글은 『시와 반시』를 등단지로 삼은 이들 중 네 사람의 사뭇 대비되는 '현재'를 일별함으로써 시인들이 넘어야할 하나의 '벽'을 환기해 보고자 한다. 등단한 이후 창작 활동을 어떻게 이어가느냐의 문제는 비교의 대상도 아니고 평가의 대상은 더더군다나 아니다. 이 글이 혹시라도 섣부른 진단으로 비치지 않기를 바라지만, 등단이 곧 문학과의 단절로 이어진 이들에 대한 궁금증에서 출발했음을 숨기기란 어렵겠다.

1.

1993년 가을, 제1회 시와반시 신인상 당선자는 김영근 시인이다. 1회를 시작으로 최근 시점인 2021년 하반기 신인상 공모 당선자를 배출하기까지의 궤적을 일목요연하게 요약하기란 한마디로 능력 밖의 일이다. 무엇보다 이 글의 목적이 출발 시점에서 바라보는 '상반된 현재'이기도 하므로, 문학과 변함없이 손잡고 걸어가는 김영근, 유홍준 두 시인과, 지금은 '신인상 공모 당선작'으로만 만날 수 있는 박한나, 김가영 이 두 사람의 당선작과 심사평을 간략하게 되짚어보는 것으로 만족하려 한다.[1]

---

1) 왜 굳이 이들 네 명인가, 라고 질문한다면 2000년 이전의 당선자들만을 대상으로 했다는 걸 우선 밝히고 싶다. 김영근 시인은 제1회 당선자라는 무게에 걸맞게, 그간 그가 담당했던 문학적·사회적 역할이 결코 미흡하지 않았다는 게 필자의 생각이다. 지방이라는 척박한 토지 위에서 자생

바라건대 이 글이 우리 모두의 '처음'을 새삼 떠올리게 만들기를. 무언가를 주목한다는 건 거기에 투영된 자신의 모습을 동시에 바라보는 일이니……

중앙통에 해일처럼 적들이 밀려왔다 한숨과 술렁임의 역질이 온 도시를 휩쓸었다 욕정의 구근 속으로 스며드는 냉기, 저마다의 가슴에서 피어오르던 불길들은 휴지조각으로 구겨져 바람에 휩쓸렸다 저항 한번 없이 이 도시의 방어선들은 하나, 둘 허물어졌다 승전에 취한 점령군들은 포로들의 얼굴에 문신을 새기고 정정당당히 총질을 해대었다 가로수들이 몸을 비틀며 피 묻은 나뭇잎을 떨어뜨렸다 이 도시의 낯익은 사내들은 어디론가 사라지고 낯익은 아내들은 소리없이 허물어졌다 골목 입구에서 생존의 지전을 세고 있는 여인들, 점령군의 몸을 받는 여인들의 활기, 활기등등한 겨울은 이 도시의 등을 찍고 있었지만 그러나 아무 일도 없었다 진열장의 마네킹은 모피옷을 갈아입고 털모자를 눌러썼다 기억의 먼 길

했던 『시와 반시』에서, 비유하자면 그는 '없는 집' 맏이처럼 미덥고 고마운 모습으로 늘 그 자리에 있어주었다. 또한 문학적 결실로 봤을 때 유홍준 시인이 동안의 당선자들을 긍정적으로 대표하는 데 이견이 있을 사람은 많지 않다고 본다. 박한나, 김가영 이 두 명의 수상자들은 『시와 반시』뿐 아니라 그 어디에서도 작품 활동의 흔적을 찾을 수 없다는 점에서 행적이 도드라졌다. 하지만 후자에 해당하는 두 분의 경우, 필자의 더듬이가 넓고 세심하지 못해서 미처 헤아리지 못한 부분이 있을까 염려스러운 것도 사실이다.

로 청소차가 지나가고 감미로운 전리품들이 새롭게 진열되고 승전의 캐롤은 밤낮없이 거리를 흘러넘쳤다 점령군들의 백납 같은 손들이 이 도시의 엉덩이와 가슴을 주물러 백납의 집을 짓고 백납의 요새를 쌓았지만 그러나 아무 일도 없는 듯 눈이 내렸다 얼어붙은 이 도시는 이제 더 이상 추위를 모르므로 점령자의 산타들만 얼어붙은 공중에서 새카맣게 새카맣게 낙하하고 있었다

    —김영근[2] 「한랭전선」(1993, 가을호) 전문

    김영근은 겨울을 살고 있다. 살고 있다기보다는 겨울 속에 갇혀있다는 표현이 옳겠다. 그가 발 디딘 세계의 안과 밖은 온통 겨울이다. 안과 밖이 겨울뿐인 세계는 당연히 얼어붙는다. 겨울에 점령당한 도시의 불모성을 노래한 「한랭전선」이 얼어붙은 바깥 세계의 표정을 보여주고 있다면, 내장까지 얼어붙은 삶의 비극성을 노래한 「사람들」은 그 안쪽 정황을 드러내고 있다. 그러니까 갇힌 자아의 얼어붙은 세계의 표상이 얼음 이미지이다.

    —심사평 부분(강현국, 구석본, 박재열)

심사위원들은 그의 시가 가진 특징으로 얼음의 세계와 그

---

2) 1993년 등단. 『행복한 감옥』, 『호퍼의 일상』 등

세계에 대한 시적 응전력으로서의 '불'에 주목한다. 아울러 "허공을 들이받는 황소의 무모함!"이라는 평을 덧붙임으로써 그의 시가 가진 남성적 상상력에 대한 기대를 드러내고 있다. 최근 그가 발표한 「삼릉 숲에서-경주 남산에서 1」를 읽다가 「한랭전선」에서 보여주었던 저 한랭한 이미지의 변화 양상을 확인할 수 있어서 흥미로웠다. 시의 일부분을 살펴보자.

안개비 지나가고 진눈깨비 섞어 친다
쩍쩍 갈라 터진 비늘로 구불텅구불텅 허공을 오르고 있는
늙은 소나무 사이 여기저기서
온몸 뒤트는 신음과 비명 들린다
비형의 추적에 도망치다 주저앉은 길달의 눈빛일까
진눈깨비에 피식피식 시드는 지귀의 몸부림일까
아직도 떠나지 못한 누군가가
두물머리 황천에서 여기까지 이어졌던
내남들녘의 너른 솔숲 다 잃고
몰린 산기슭
산 능선 너머의 화려한 불빛
그리운 웃음 잊지 못해 떠돌고 있는 걸까
인근에 예불 소리에 굵어지는 진눈깨비
잔가지에 앉는 새처럼 눈 내린다
내릴 데를 머뭇머뭇 살피는 혼백들처럼,

이제야 알겠다

금빛 자라가 여기에 깊숙이 깃든 연유를

　　　　　　ー「삼릉 숲에서ー경주 남산에서 1」(『시와 반시』,

　　　　　　　　　　　　　　　　2021, 가을호) 부분

＊『삼국유사』에 나오는 반인반귀半人半鬼의 인물들
＊ 남천과 황천이 합류되는 지점을 황천이라 불렀다

　　등단작과 비교했을 때 다소 거칠고 무모하던 언어의 운용
이 노련해지고, 형식미와 내면성이 유기적으로 간섭하며 한 편
의 미적 구성물로서의 균형미를 갖춘 건 그의 오랜 시력을 보
여주는 대목이다. 불모의 도심을 응시하던 어둡고 날 선 시선
은 사람 사는 동네의 불빛 쪽으로 한층 기운 듯하다. 하나 하강
속에 상승이 직립하고, 구불텅한 모서리를 돌고 돌아가는 발길
위로 "혼백" 같은 진눈깨비가 섞어 치는 그의 시는 여전히 차갑
고 남성적이다.

　　유홍준 시인은 제5회 시와반시 신인상 수상자이다. "강물
을 삼킨 지평선이 양미간을 조으며 묻는다"라는 등단작의 시행
은 입을 꾹 다문 채 양미간을 잔뜩 찌푸리며 앞을 쏘아보는 시
인의 프로필 사진과 정확히 겹친다. 그의 등단작인 「지평선을
밀다」와, 해당 심사평을 함께 읽어 보자.

지평선 위에 비가 내린다

문자로 새기지 못하는 시절의 눈물을 대신 울며

첨벙첨벙 젖은 알몸을 드러낸 채 간다

나는 지평선에 잡아먹히는 한 마리

짐승…… 어디까지 갈래

어디까지 가서 죽을래

강물을 삼킨 지평선이 양미간을 조으며 묻는다

낡은 충고와 똑같은 질문은 싫어!

있는 힘을 다해 나는 지평선을 밀어 버린다

　　　－유홍준[3], 「지평선을 밀다」(1998, 가을호) 전문

　유홍준의 시편들은 투명했다. 시의 질서와 초점을 어떻게 세우고 응축해야 하는가를 오랜 시간을 거쳐 체득한 흔적을 역연히 보이고 있었다. 우선 「지평선을 밀다」만을 두고 보더라도 화자와 대상으로서의 지평선이 서로 길항하는 가운데서도 적극적인 접합을 이룩해 내고 있음이 하나의 탄력으로 다가온다. '첨벙첨벙 젖은 알몸을 드러낸 채 간다'에서 우리는 한낱 관념적 투사가 아닌 화자의 적극적인 가담에 함께

---

3) 『喪家에 모인 구두들』(실천문학사, 2004), 『나는, 웃는다창비』, 2006), 『저녁의 슬하』(창비, 2011) 외

참여할 수가 있으며, 좀 거친 듯하지만 '어디까지 갈래/어디까지 가서 죽을래'와 같은 표현에서도 그것을 느낄 수 있다. '있는 힘을 다해 나는 지평선을 밀어버린다'에 이르러서는 한낱 제압이 아닌 적극적 수용의 역설적 진실을 감지할 수가 있다. 일상의 관념을 뛰어넘는 어조의 단호함, 의식의 투명한 전개가 새로운 시적 질서를 획득해 내고 있다.

　　　　　　　　　　　　　　　 —심사평 부분(정진규(글), 이승훈)

　정진규 시인이 "어눌함의 멋도 때로는 필요하다."라는 당부의 말을 잊지 않을 정도로 그의 시는 신인치고는 매우 능숙했던 걸로 여겨진다. 아쉽게도 근래의 『시와 반시』에서 시인의 발표작을 찾을 수가 없었던 탓에 그의 시편들 중 대중들이 좋아하는 매우 익숙한 작품을 한 편 실어본다.

　　　저녁 상가에 구두들이 모인다

　　　아무리 단정히 벗어놓아도

　　　문상을 하고 나면 흐트러져 있는 신발들

　　　젠장, 구두가 구두를

　　　짓밟는 게 삶이다

　　　밟히지 않는 건 망자의 신발뿐이다

　　　정리가 되지 않는 상가의 구두들이여

　　　저건 네 구두고

저건 네 슬리퍼야

돼지고기 삶은 마당가에

어울리지 않는 화환 몇 개 세워놓고

봉투 받아라 봉투,

화투짝처럼 배를 까뒤집는 구두들

밤 깊어 헐렁한 구두 하나 아무렇게나 꿰 신고

담장 가에 가서 오줌을 누면, 보인다

북천에 새로 생긴 신발자리 별 몇 개

―「상가에 모인 구두들」전문

역병으로 문상마저 자유롭지 못한 시국이라 시에 그려진 상황이 그립기조차 하다. 그의 첫 시집 『喪家에 모인 구두들』(실천문학사, 2004)에 실린 이 시는 필자가 문청 시절에 처음으로 만난 유홍준 시인의 작품이기도 하다. 그만큼 일반인들에게 널리 알려진 작품이다. 주지하다시피 이 작품이 열어놓는 공감의 자리는 죽음 앞에서의 저 헐렁한 평등과 가벼움에 있을 터이다. 죽음 앞에서는 잘난 놈도 없고 못난 놈도 없다. 악착스럽게 경쟁하던 짓거리도 거추장스럽기만 하다. 굽이 닳고 뒤축이 꺾어진 냄새 나는 구두들이 표상하는 인생이 여전히 감동적이기도 하지만, 까마득한 시절의 작가 작품을 읽노라니 새삼 시와 함께 한 그의 세월이 느껴진다.

엄격히 말해 누구라도 쓰는 동안에만 작가다. '등단'은 작가가 되기 위한 문 앞의 문, 벽 앞의 벽에 불과한지 모른다. 어렵게 문을 열고 나갔는데 더 거대하고 단단한 벽 앞에서 절망하고, 그럼에도 다시 용기를 내서 '쓰는' 행위를 통해 우리는 하루하루 간신히 작가인 것이다. 그런 의미에서 작품이 써지지 않는 벽 앞에서 멈추지 않고 계속해서 나아갔던 그 옛날의 '신인' 두 사람을 만나 봤다. 다음으로, 문 하나를 열었으나 너무 일찍 멈춰버린 두 사람을 호명할 차례다. 그러나 그들이 오늘도 여전히 작가이기를 바라며…….

2. [4]

• 〈제4회 시와반시 신인상〉 당선자 박한나 : 「돈 끼호테 연구」 외 4편

나는 하루에도 수십 번씩 죽음을 상상한다.

절벽에서 떨어져 죽기, 물속에 빠져 죽기, 강도떼를 만나 왕창 털린 다음 총 맞아 죽기, 아니면 권태로움의 빈 들판에서 다가닥 다가닥 말을 달려 도착한 네덜란드, 그곳에서 풍차

---

[4] 지면 관계로 당선작 중 2편씩만 싣는다. 등단 시기를 기준으로 한 작가에 관한 소개도 생략하기로 한다. 누구라도 잊힐 자유가 있다는 염려에서다. 만에 하나 잊히기를 바랐다면, 혹 이 글이 그런 당신들께 누가 되지 않았으면 정말 좋겠다.

를 들이받으며 비장하게 죽어가기.

오, 아름다운 풍차와 산들바람, 죽어도 여한이 없을 것이다. 튤립이 흐드러진 어느 봄날, 종아리 이쁜 아가씨와 키스 한 번만 할 수 있다면, 죽어도 여한이 없을 것이다. 달빛 부서지는 창가에서 사랑의 세레나데를 부를 수 있다면, 죽어도 여한이 없을 것이다. 그녀의 가느다란 손목 대신 물세례를 받는다 해도, 죽어도 죽어도 여한이 없을 것이다.

여한이 없을 것이다—아.

목을 죄는 일상을 빠져나와 어느 경치 좋은 산 중턱에서 추락하기, 투명한 가을날 사각거리는 낙엽을 덮고, 그대의 흰 손목을 잡고 눕고 싶다. 그리고는 꿈을 꾸듯 그렇게 죽기. … 그리하여 그들은 행복하게 죽었습니다.

아직 세상에는 잘 사는 방법처럼 잘 죽는 법이 있을 것이다. 잘 먹고 잘 죽기.

—「돈 끼호테 연구」 전문

새벽 2시 41분, 떨리는 초침이 불안하다. 깨어 있음이 불안한 것인지, 수요일 밤의 불면증이 불안한 것인지, 도둑고양이처럼 밤을 지키는 이 순간이 불안한 것인지, 어쨌든 나는 2시

41분이 지나가기를… 46초, 잠을 쫓으며 기다린다. 47초, 불
안함은 시계에 달라붙어 잘 움직이지 않는다. 48초, 의자에
서 일어나며 하품을 해 보고, 49초, 그러나 마음은 잘 속아주
질 않는다. 50초, 언어의 감옥, 51초, 간수가 열쇠를 들고 걸
어온다. 52초, 두드려라, 열릴 것이다. 53초, 자기암시의 효과
를 보도한 어느 신문 기사를 기억한다. 54초, 그러므로 나는
곧 졸릴 것이다. 55초, 『광장』을 읽는 일곱 가지 방법, 불면증
에 이르는 일곱 가지 방법. 여전히 나는 졸립다고 생각한다.
56초, 창밖에서 고양이 울음이 들린다. 이중주다. 57초, 그들
은 언제나… 58초, 이 시간만 되면… 59초, 교 · 미 · 한 · 다.
—「불면증을 치료하는 몇 가지 방법」 전문

• 〈제6회 시와반시 신인상〉 당선자 김가영 : 고래를 찾
아서 외 4편

　1
　고래는 바다에서 어둠을 삽질한다.
　漁夫들은 주낙으로 실타래 같은 침묵을 감아 당기고,
　오랜 갈증으로 출렁이는 바다에 꽃이 핀다.
　오랜 갈증으로 시작된 바다에서 새가 난다.
　조금씩 입술을 문 가다랑어들이 노을 저편으로 날아오른다.

2

오늘은 비가 내렸다. 새들의 장례식이다.

죽은 물고기와 죽어가는 해초들이

숲으로 밀려와 눈물을 흘린다.

고개를 떨구고 우는 것은 별이다.

죽어가는 매미들은 제 몸에 집을 짓고,

길을 잃지 않으려는 바다는

제 몸속에 우물을 만든다.

3.

고래들에게 이제 시간은 없다.

시간이 없는 바리나무들도 눈썹을 가리고 운다.

녹슨 사다리를 밟고 내려가는 고래를 보았다.

비비새들은 숲으로 가는 길을 아직 기억하고 있을까…

상처는 상처를 낳고, 상처를 안고 사는 바다는 희미하게

고래의 무덤을 기억하고 있다…

4

우물 속의 나날처럼 나는 슬프다

고래들은 길을 데리고 떠났다. 나는 슬픔의 무게만큼 도시
를 건너간다.

태양은 천천히 검은 그림자로 화면을 바꾸고,

침묵은 바다 위에서 레코드판처럼 돈다.

고래가 사라진 시간의 축은 닳아지고 없다.

나는 나의 상징으로부터 자꾸 멀어져 간다.

―「고래를 찾아서」 전문

우리가 음을 오르내리는 동안, 그는 목발을 짚고 반음쯤에서 떨어져 버렸다.

우리가 새장 속의 새를 부르는 동안, 그는 새장을 열고 노을 속으로 사라졌다.

시간은 이미 모든 나무를 키우기 시작했고, 세상의 모든 노래들은 단추를 풀었다.

아직도 귀를 갖지 못한 나무들은 사람의 말을 몰랐다.

'커트코베인'의 말 속에서 비가 되어 길게 길게 내리는

어떤 마을에 도착한 것은 오후 3시다.

―충실히 길을 가야 한다. 결코 음은 끝나지 않아야 한다―

바람에게 말하던 커트코베인. 시간의 검은 배를 타고 니르바나 강을 건넌다.

되돌이표 안에서 우리의 인생은 실처럼 감긴다.

#은 창문을 닫고,

유리에 코를 박고 우는 모든 빗방울들… 하늘의 눈물일까?

우리들은 여전히 오선지를 오르내리듯 길을 익히고,

비에 젖은 달팽이가 거리로 쏟아져 나오는 7월 20일.

길목마다 서 있는 전신주 끝에서 달팽이가 새가 되어 날

았다.

번개가 일고, 퉁퉁 불어 터진 길 속을 생쥐들이 달려갔다.

* 커트코베인: 니르바나의 멤버였던 그는 얼터너티브 록(그런지
록)의 순수성과 지향이 퇴색해 가는 것을 비관, 27세의 나이에 스
스로 목숨을 끊었다.

─「장마─니르바나를 들으며」 전문

응답하라, 1990

문학사를 시대순으로 구분하는 일은 정확한 형태도 없고 방향도 제각각인 한 시대의 문학에 강제적 형체를 갖추게 하여 외부로 끌어내는 다소 폭력적인 작업이다. 열 사람의 작가가 있다는 건 열 가지의 시론, 혹은 시론을 가장한 "우발적 충동"과 "좌충우돌", "순간의 착란" 등으로 이루어진 작품 세계가 있다는 말과도 통한다. 내면적 흐름과 직관적 선택이 십인십색으로 난무하는 시의 바다에서, 무엇을 어떤 식으로 구분하든 우리가 구체적으로 규정하고 싶은 당대의 문학은 여전히 추상적이고 모호한 출렁임으로 남아 있을 터이다. 1996년 겨울 호부터 2000년 가을 호까지의 『시와 반시』를 끌어안고 산 일 년 동안, 90년대 후반의 문학에서 이미 발견되는 2000년대 문학의 전조를 간략하게나마 짚어보고자 하는 욕망이 미적지근하게 식고만 이유도 그래서이다. 미시적인 텍스트 분석으로 문학의 시대적 징후를 짚어보기는커녕 문학적 포즈로 느껴지는, 겉멋을 잔뜩 부린 글들을 내가 몹시 역겨워한다는 개인적 취향을 깨달은 게 작은 소득이라면 소득이랄까.

　한 시대의 문학이 앞세대에 빚지고 있음은 내용과 형식의 영향력에 있기도 하지만 그 반대의 경우도 이에 해당한다. 가령 소설에서의 '후일담 문학'이 80년대의 거대 이념에 빚지며 탄생한 것과는 달리, 90년대는 역사적 책임 의식이라는 자장에서 벗어나 다른 문법과 언어를 창조하며 시의 역사가 전환되는 시기였다. 사회적 모순을 직시하는 소박한 현실 모사 위주의 리얼리즘을 넘어 자본주의에 지배되는 일상의 삶을 문제 삼거나, 전복적 상상력과 탈 서정, 주체의 분열과 같은 전위적이고 실험적인 시 쓰기는 90년대의 문학이 80년대와 관계를 의도적으로 결락하려는 시도로부터 비롯한다. 이는 부정이 긍정을 전제하는 것이자, 후대의 문학이 전대의 문학에 기생함을 보여주는 하나의 반증이기도 하다. 서둘러 고백하자면 이 글은 90년대 시에 내려진 기존의 이러한 해석을 수용한 채, 그 사례가 될 만한 작품들을 즐거이 호명해보고자 한다.

　냄비 속에 인형이 부글부글 끓고 있을 것이다 아닐 것이다 인형은 끓지 않을 것이다 물만 끓을 것이다 돌아서서 나는 사과를 깎고 있을 것이다 펄펄펄 끓는 물이 냄비뚜껑을 밀치고 뛰어나올 것이다 제 살에 데인 물은 물집투성이일 것이다 나는 사과를 자르고 있을 것이다 반의반으로 자를 것이다 자글자글 끓는 물은 쫄아들고 있을 것이다 칼끝으로 씨방을 도려낼

것이다 나는 인형은 냄비바닥에 눌어붙을 것이다 눌어붙고
있을 것이다 등짝에 이쑤시개를 꽂을 것이다 나는 꽂고 있을
것이다 돌아서서

　　　　　—김언희, 「냄비 속에 인형이」(1996, 겨울호) 전문

　있지, 아빠
　왜파의 나라에선
　원숭이를 겁주려고 닭을 죽인대
　죽인 닭을 유리병에 넣어
　생일선물로 준대 나도
　받았어 아빠

　내가 받은
　닭은

　닭은, 아빠였어

　머리와 자지를
　떼 낸

　　　　　—김언희, 「있지, 아빠」(1996, 겨울호) 전문

90년대, 탈서정의 방식 중 하나가 일상적·경험적 리얼리

티의 재현을 거부하는 디스토피아적 상상력임은 주지의 사실
이다. 「냄비 속에 인형이」는 김언희 시의 주조를 이루는 "섬뜩
한 당혹"이라 일컬어지는 기괴한 성격을 유감없이 보여준다.
물이 끓고 있는 냄비와 사과를 깎고 있는 화자를 교차 편집하고
있는 이 시는, "부글부글" "펄펄펄" "자글자글"과 같은 음성 상
징어와 "칼끝"이 환기하는 날카로운 이미지, 사과의 "씨방을 도
려낼 것이다"라는 화자의 진술에서 느껴지는 묘한 살의(殺意)
의 기운이 한데 어울려 빚어지는 불안감과 위기감의 극대화에
그 특징이 있다. 시인은 일상적 현실을 변형·왜곡시켜 그로테
스크하게 묘사함으로써 평범한 일상이 은폐하고 있는 끔찍하
고도 지긋지긋한 내면을 섬뜩하게 노출시킨다.

　　이어지는 「있지, 아빠」에서 시인은 시에서의 금기어에 속
하는 "자지"와 같은 어휘를 태연하게 사용한다. 생일 선물이
"죽인 닭"이라니, 게다가 화자가 받은 생일 선물은 "머리와 자
지를/ 떼 낸" 아버지이다. 가학의 주체와 의미가 여전히 모호한
이 시는, 그럼에도 시어의 상투성을 버린 대가로 아버지와 딸의
관계로 대변되는 모든 주체와 타자, 지배와 종속의 관계를 가차
없이 전복시키는 효과를 얻고 있다.

　　　한 송이 꽃이 꽃병을 들고

　　　내게로 왔다 꽂아 달라고

　　　그래 ————,

나는 꽃을 따서

입에 넣었다

강의 배를 가르니 고약한 냄새의

추억이 비닐에 싸여 나왔다 강은 죽어도

추억은 오래 썩지 않고 강을

기억할 것이다

나는 발가락을 기르기로 한다 대머리

발가락에 검은 머리털이 솟아 썩은

몸통을 덮을 때까지

아득한 그때, 벌컥

문을 열고 아버지가 상처투성이

문짝을 업고 들어섰다 이놈이 내 자식이야

우리 집을 흐르는 보이지 않는 강이었다 배를 뒤집은

물고기들이 떠있는, 아버진,

무우처럼 자라는 발가락을

베어먹었다 굶어 죽을 염려는 없었다

가시나무엔 가시가 사막엔 모래가

일용할 양식이듯

향기를 풍기며 한 여인이 내게

손을 건네왔다 나는 정중히 여인을 안아

꽃병에 꽂았다

물도 없는,

─김준연, 「꽃, 지나간」(1996, 겨울호) 전문

　　관념적 대상인 '기억'을 강으로 구체화시킨 후 다시 그 "배를 가르"고 있는 김준연의 「꽃, 지나간」 역시 기괴한 상상력이 눈에 띄는 작품이다. 시에서 관념적 대상인 기억은 "고약한 냄새"를 풍기며 후각화하거나 "비닐에 싸여 나왔다"라며 마치 사체(死體)를 보여주듯 불유쾌하게 시각화한다. 또한 "발가락"은 머리카락처럼 자라거나 "검은 머리털이 솟아 썩은/ 몸통을 덮"는다는 식의 황당하고 이상한 묘사가 이어진다. "아버진,/ 무우처럼 자라는 발가락을/ 베어먹었다 굶어 죽을 염려는 없었다" 같은 상상력은 시인이 자신의 기억을 자의식적으로 돌아보는 과정에서 오는 고통을 감추기 위한 의도적 연출인지도 모른다. '아버지'는 시인의 기억에서 부정적인 부분을 담당한다. 이와 달리 어머니로 짐작되는 "여인"은 "물도 없는" 꽃병에 꽂힌 연민과 자책의 대상으로 형상화되고 있다. "배를 뒤집은/ 물고기들이 떠 있는", 기존의 서정이 감당하기에는 지나치게 어두운 기억이다. 부정성의 과잉이 탈서정을 가져오는 것인지, 아니면 탈서정이 부정성의 과잉을 가져오는 것인지는 생각해 볼 문제

다. 김준연 시의 어두운 기억은 기이한 이미지를 따라 계속해서
미끄러지고 미끄러진다.

　　나는
　　술집에 앉아 있는 것을 더 좋아했다. 어둠이 내리고
　　빛의
　　그 앙상한 해골 위에 부드러운 살이 덮이고, 세상이
　　제 얼굴을 되찾는 때를, 몽롱히 턱을 괴고
　　온몸 누덕누덕 하꼬방을 짓는 취기에 실려, 마치 경전을
읽듯
　　술을 마시며, 내 몸에서 우수수 떨어져 내리는
　　소금꽃잎을 바라보곤 했다.

　　내 삶의 터,
　　콘크리트, 그 거부의 몸짓만 우거진 공사장을 떠나
　　지친 영혼을 쉬게 하는 인도의 베레나스인 양, 이 저녁 시간
　　비틀거리며 찾아든 내 歸巢의 술집,

　　마치 다비를 하듯 독을 마시며, …… 내 추락에 대한
　　증오의, 시퍼런 눈빛을 꽂아 넣을 가슴이
　　없는 자의 그 황당한 몸부림에 홀로 저물어지곤 했다.

눈의

흰자위가 노오랗게 변하고, 뱃속에는 복수가 꿀렁이고

얼굴에는 저승꽃 같은 기미가 꺼멓게 타고

부종으로 온몸 퉁퉁 부어올라도, 지금은 종말처럼

포근히 어둠이 내리고, 술잔이 비워질 때

그리고 취기의 망치가 의식의 관절 마디마디를 내리칠 때

친구가 없어도 좋았다

지게꾼 십 년 세월이면 세상의 어떤 아름다움에도

기대를 걸지 않게 되지……, 홀로 턱을 괴고 앉아

철거촌처럼 무너지고 있노라면 보였다, 못났으므로

살아 있을 가치가 있다는 의미 같은 것…… 霧笛의 신음으

로 짓씹으며

나는 정말 술집에 앉아 있는 것을 좋아했다.

삽도 질통도 내 생애 밖으로 내팽개치고 싶은 날.

─김신용, 「비 오는 달밤의 허수아비」(1998, 가을호) 전문

김신용의 시는 90년대 시의 특징을 보여주어서라기보다 오
늘날에는 만나기 힘든 시라서 뽑아 봤다. 같은 지면에 실린 「카
멜레온을 위하여」를 근거로 했을 때, 아마도 이 시는 좀도둑질
과 폭음을 일삼다 "가마니 수의 걸치고 화장터 불구덩이 속으
러 들어"간 한 지게꾼의 삶을 전유해온 것으로 보인다. 「카멜레

온을 위하여」에서 화자는 대상을 바라보며 "야, 인간은 저렇게
도 살아가는구나!"라고 환멸과 동정이 범벅된 탄식을 뱉는다.
김신용 시인 역시 "막노동 현장에서 인간 이하의 어려운 삶을
꾸려나갔던 일용잡부에 속했고, 집단노동의 중심부로부터 벗
어난 변두리 노동판의 사각지대에" 버려져 "도시의 뒷골목을
배회"한 존재였다. 무엇보다 이 시는 떠돌이 노동자와 불건전
한 부랑자로 대변되는 소외된 민중의 고통 그 이상을 우리에게
보여준다. 그의 시는 절대빈곤의 최하층 빈민이 가지는 고독과
공포, 인간이기를 포기한 자의 절망과 우울이 주는 충격을 통해
우리를 전율케 한다.

　　지금도 도시 빈민층과 고립무원의 주체들은 엄연히 존재
하지만, 현실 속의 그들은 수용소에 불과한 시설 속으로 매끈
하게 은폐된다. 마찬가지로 "밑바닥 세계의 특수한 체험들의
보고서"로 요약되는 김신용의 시와 같은 작품들은 이제 자취
를 감추었다. 가혹한 현실일수록 인간의 상상력을 뛰어넘는다.
그러나 오늘날 예술과 체험이 함께 가는 이런 유의 '시적 현실'
은 사라졌다. 시가 보여주는 공감과 이해의 폭이 그만큼 협소
해진 것이다.

　　　어둔 빗줄기가 지난 뒤
　　　가죽가방을 멘 네가 총총히 걸어간

물이 젖은 길 위에

점점이 찍혀 반짝이는

네 발자국을 보다가

나는 다시 허리를 굽혀

어둔 길 위에 놓인 씽크대 사이에서

무거운 가스 오븐 렌지를 끌어내

전압조절 장치의 나사를 풀고

어둔 빗줄기가 다시 오는

어둔 길 위에

반짝이는 부엌

길 위에 놓인 한 세트의 부엌 앞에서

오랫동안 나에 대해 생각해 보았다.

　　　—박상순, 「오랫동안 나는 나에 대해 생각해 보았다 · 1」

　　　　　　　　　　　　　(1999, 가을호) 전문

태엽을 감은 작은 기계처럼 내 구둣발에 밟힌 매미들이 검
은색으로 운다, 발 밑에 매미들이 밟힌다.

발 아래 검은 울음이 누군가를 넣고 묶어버린 자루처럼 꿈

틀거린다. 꿈틀대던 자루의 움직임이 멎은 뒤에도 나는 오랫

동안 나에 대해 생각해 본다

　　　　　　―「박상순,「오랫동안 나는 나에 대해 생각해 보았다 · 2」

　　　　　　　　　　　　　　　　　　　(1999년, 가을호) 전문

　박상순의 시에서 지극히 평범한 사물들은 신기하고 즐거
운 놀이의 소재가 된다. 예컨대「오랫동안 나는 나에 대해 생각
해 보았다」연작은 재봉틀과 우산이 해부대에서 우연히 만나
듯, 일상적이지 않게 배치되는 사물들로 말미암아 시의 '낯설
게 하기'를 불가피하게 소환한다. "씽크대"와 "가스 오븐 렌지"
가 친숙하면 친숙할수록 "어둔 길"과의 만남은 어색해지는 것
이다. 사물들의 낯선 배치가 인물과 장소와 사건의 동일성을 와
해시키고 관습적인 의미와 체계를 교란시킨다. "길 위에 놓인
한 세트의 부엌 앞에서" 그리고 "꿈틀대던 자루의 움직임이 멎
은 뒤에도" 화자는 "나는 나에 대해 생각해 보았다"라고 반복
하지만, 언어가 쓰이는 맥락만큼이나 그 의미는 모호하다. 현실
적 중압을 비껴가는 환상적 공간의 탄생, 회화와 문학이 교차하
는 새로운 규칙, 신세대의 새로운 해석이 작동하는 시의 본격
적인 유희는 이렇게 90년대를 관통하며 2000년대로 이어진다.